dtv premium

Florian Werner

Wir sprechen uns noch

Deutscher Taschenbuch Verlag

Originalausgabe
März 2005

www.dtv.de
Umschlagkonzept: Balk & Brumshagen
Umschlaggestaltung: Stephanie Weischer unter Verwendung einer Fotografie von © Zefa/masterfile/Philip Rostron
Satz: Greiner & Reichel, Köln
Gesetzt aus der Palatino 10,5/13'
Druck und Bindung: Kösel, Kempten
Gedruckt auf säurefreiem, chlorfrei gebleichtem Papier
Printed in Germany · ISBN 3-423-24426-7

Inhalt

Schiefer

Komisch, immer, wenn ich die Schöne Melusine sehe, muss ich an meine Verlobte denken, an unsere gemeinsamen Tage im Steinbruch. Komisch im Sinne von merkwürdig natürlich, denn zum Lachen ist diese ganze Geschichte nicht. Aber andererseits, denke ich, so merkwürdig ist das auch wieder nicht, weil ich ja streng genommen Tag und Nacht nichts anderes tue, als an meine Verlobte zu denken, vor allem wenn ich abends nach Hause komme und in meiner dunklen Souterrainwohnung sitze, und dann in das Etablissement gehe, wo die Schöne Melusine arbeitet, täglich außer montags.

Aber vielleicht ist es ja auch gar nicht Melusine selber, die mich an meine Verlobte erinnert, sondern ihre Forelle; wenn ich die sehe, muss ich jedes Mal an den *Stenopterygius quadriscissus* denken, den ich meiner Verlobten zur Hochzeit hatte schenken wollen, zweihundertzwanzig Zentimeter, vier halbentwickelte Kinder im Bauch, lebendgebärend, aber ausgestorben, das ist der Lauf der Welt.

Und wenn ich an meine Verlobte denke, muss ich automatisch an den Klabautermann denken, das ist, als wolltest du eine Seerose pflücken, du packst sie vorsichtig unterhalb des Kelchs und ziehst sie aus dem Wasser, aber wenn du versuchst, sie aus dem Grund zu reißen, folgt erst einmal ein ellenlanger Stängel, so schlingrig wie ein Bein der Schönen Melusine, aber das ist natürlich weder ein Bein noch ein

Seerosenstängel, sondern die Erinnerung an meine Verlobte. Die nimmt überhaupt kein Ende, fünf Meter, zehn Meter, fünfzehn Meter, du rollst den Stängel zusammen und hängst ihn dir über den Arm oder um den Hals oder sonst wohin, und wenn du ihn fertig aufgerollt und die Seerose endlich gepflückt hast, merkst du, dass an der Wurzel lauter faulige alte Algen hängen, in denen kribbelt und krabbelt es, Wasserskorpione, Blutegel, Libellenlarven, und das sind die Gedanken an den Klabautermann.

Und wenn ich an den Klabautermann denke, steigt die Wut in mir hoch wie eine Flut, meine seelischen Deiche werden marode, das Wasser in meinen Augen beginnt zu kochen, ich zerknülle den Zwanziger, den ich gerade der Schönen Melusine habe zustecken wollen, und schmeiße ihn in die Bierlache zu meinen Füßen, als wäre auch er voll eklem Unterwassergetier. Klabautermann war natürlich nicht sein richtiger Name. So habe ich ihn nur getauft, um ihn vor meiner Verlobten lächerlich zu machen, um ihr zu zeigen, dass ich ihn nicht ernst nahm. Heute würde ich ganz andere Namen für ihn finden.

Ich hebe den Schein vom Boden auf, streiche ihn glatt, stecke ihn zurück in meine Brieftasche und suche nach ein paar Münzen. Wenn ich das passende Kleingeld finde, werde ich ihn jetzt anrufen. Ich werde mit ihm einen Treffpunkt vereinbaren und ihn endlich zur Rede stellen. Und dann gnade ihm Gott oder Neptun oder wer auch immer für so etwas zuständig ist.

»Endlich treffen wir beide uns mal«, werde ich sagen und meine Stimme zu einem brüchigen Flüstern senken. »Nur du und ich, unter vier Augen, ganz allein. Du kannst dir gar nicht vorstellen, wie oft ich mir diesen Moment schon ausgemalt habe. In meiner Trauer, meiner Wut, meinen Albträumen, morgens, mittags, nachts, ich habe viel Zeit zum Träumen, oh ja. Du weißt, warum. Und jetzt stehst du mir hier gegenüber«, werde ich fortfahren, »wer hätte das gedacht?« Und das wird natürlich eine rhetorische Frage sein, weil zumindest ich, wie gesagt, seit Jahren an kaum etwas anderes gedacht habe als an meine Verlobte, und deswegen zwangsläufig auch an den Klabautermann.

»In dieser gottverlassenen Sackgasse, in dieser übel beleumundeten Gegend am falschen Ende der Stadt. Kein Mensch ist außer uns noch auf den Beinen, es ist stockfinster, Neumond, und niemand hat dich kommen sehen außer mir.«

Ich betrachte die Schöne Melusine, wie sie ihre seerosenschlanken Beine verheißungsvoll um die Metallstange am linken Bühnenrand wickelt und langsam an ihr auf- und abschlingert, und bin wie immer gespannt, was als Nächstes passiert, obwohl ich das natürlich ganz genau weiß, weil ich ja täglich hier bin außer montags. Aber das ist die schönste Form der Spannung, wenn man weiß, wie es weitergeht, und nur vor sich selbst so tut, als wisse man es nicht. Bloß beim Klabautermann bin ich mir nie sicher, was als Nächstes kommt, obwohl ich dieses Treffen mit ihm schon Hunderte von Malen im Kopf durchgespielt habe, so ein Meereskobold ist ein schlüpfriger Geselle, der windet sich immer wieder raus.

»Aus dem Kanaldeckel zu unseren Füßen steigen übel riechende Schwaden empor«, werde ich zu ihm sagen und mit dem Kinn auf die Straße deuten. »Als könnte sich jeden Augenblick die Erde auftun und uns beide verschlingen, als wäre hier, in dieser Sackgasse, der Eingang zum Reich der Schatten, als stünden wir über dem Brunnen des Abgrunds. Und auch du bist ganz schön am Dampfen. Ist das der heiße Atem der Angst, der da aus deinen Nüstern steigt? Ich bringe dich ganz schön ins Schwitzen, was?« Erst dann werde ich die Zigarette bemerken, die der Klabautermann zwischen seinen Fingern hält, und während er sie zum Mund führt und mit dem Kopf schüttelt, werde ich mich fragen, ob Fische Kiemenzüge machen, und wie Amphibien mit Hautatmung eigentlich rauchen.

Den Klabautermann aber werde ich fragen: »Du rauchst wahrscheinlich aus Nervosität, oder? So hat eben jeder seine Methode, mit dem Stress umzugehen«, ich weiß, wovon ich spreche, schließlich kenne ich solche Übersprungshandlungen zur Genüge. »Ja, ich bin auch ein bisschen nervös«, werde ich zugeben und die Münze, die ich zwischen meinen Fingern hin- und hergedreht habe, in die Tasche stecken. »Das ist ja auch kein Wunder, nach all den Jahren, mit all dem, was sich bei mir so angestaut hat.«

Und dann werde ich mich zum ersten Mal entschuldigen müssen. Weil der Klabautermann keine Ahnung hat, wovon ich überhaupt rede. Weil ich mich am Telefon anscheinend etwas unklar ausgedrückt habe und der Klabautermann nur deshalb gekommen ist, weil er dachte, es gehe um etwas Wichtiges. Ob ich nicht endlich mal zur Sache kommen könne, will er wissen, und was ich eigentlich glaube, wer ich sei. »Der, der mit ihr zusammen war«, werde ich sagen. »Bevor sie mit dir durchgebrannt ist, damals, in der Nacht vor unserer Hochzeit.«

Und ich werde mich ein bisschen wundern, dass der Klabautermann mich gar nicht erkannt hat, dass meine Verlobte ihm in all den Jahren nie ein Foto von mir gezeigt hat. Dass ich offenbar sehr schnell aus ihrem Leben verschwunden bin, während sie so unauslöschlich in meinem Gedächtnis aufgehoben ist wie ein Schmelzschuppenfisch in den Schieferplatten des Schwarzen Jura. Sie, die ich in zärtlichen Momenten »mein *Lepidotes elvensis*« nannte, nachdem sie einmal solch ein seltenes Exemplar gefunden hatte, an einem jener zahllosen Wochenenden, die wir gemeinsam auf der Bundesautobahnbaustelle verbrachten, dort, wo sich wochentags die Bagger durch die Gesteinsschichten des Albtraufs fraßen und dabei unfreiwillig freilegten, was vor 180 Millionen Jahren im Faulschlamm des Jurameeres verwest war.

»Lass uns doch mal woanders hinfahren«, hatte sie vorgeschlagen, den petrifizierten Fisch beiseite gelegt und den Arm um meinen staubigen Hals geschlungen. »An die Algarve, die Costa Brava, die Côte d'Azur.« Ich hatte nur gelacht und gefragt: »Und wer soll das bezahlen?«, weil ich ja heimlich auf den *Stenopterygius quadriscissus* sparte, für unsere Hochzeit. Daraufhin wurde meine Verlobte bescheidener und schlug Westerland als Reiseziel vor und Ahrenshoop und Heringsdorf, später nur noch Lindau oder den Kirchentellinsfurter Baggersee. Ich aber war glücklich mit ihr und dem Hammer und dem Meißel und der Zahnbürste zum Säubern der Fossilien.

Und dieser Mann, der mir jetzt, während sich die Schöne Melusine auf die Chaiselongue aus türkisgrünem Plüsch am rechten Bühnenrand gleiten lässt, im Geiste gegenübersteht, hat das alles zerstört; und ich werde das Bedürfnis haben, mich ihm zu offenbaren, dem Klabautermann meinen ganzen Schmerz zu zeigen, bevor ich ihn mitsamt den Albträumen, die er verursacht hat, im Erdboden versenke, bevor der Brunnen des Abgrunds ihn verschlingt.

»Das hat so wahnsinnig wehgetan«, werde ich sagen, »das kannst du dir gar nicht vorstellen. Ich stand da vor dem Altar und wartete und der Priester wartete und die Gemeinde wartete und meine Eltern auch, nur sie, sie kam nicht, sie tauchte einfach nicht auf, um elf nicht, um Viertel nach elf nicht, um halb zwölf fingen die ersten Gäste an zu gehen, kurz vor zwölf ging endlich die Tür auf und dieser Telegrammbote kam rein und brachte so ein *singing telegram:*

It's a nice day for a white wedding,
It's a nice day to start again.«

Der Ministrant hat die Melodie gleich erkannt und mir den Text erklärt: Es erfordert schon einen eingefleischten Fan, um so ein Lied zu identifizieren, wenn es von einer digitalen Spieluhr im falschen Tempo heruntergenudelt wird und die Mutter der Braut daneben steht und weint.

Aber inzwischen kenne auch ich dieses Stück in- und auswendig, denn es ist das gleiche Lied, das immer aus den Lautsprechern tönt, wenn die Schöne Melusine auftritt, wenn sie mit der Stange tanzt und sich schließlich rücklings auf das Sofa gleiten lässt, und es kommt mir so vor, als schaue sie mir währenddessen in die Augen. Schwer zu sagen, weil ich selbst die Augen voll Tränen habe, aber ich glaube, sie schaut ziemlich melancholisch, vielleicht auch ein wenig schuldbewusst, und das finde ich dann auch wieder komisch, aber eben nur im Sinne von merkwürdig, weil ich mit der anderen Bedeutung dieses Wortes schon lange abgeschlossen habe.

»Was soll das heißen, ich hab keinen Humor?«, werde ich den Klabautermann fragen. »Ich fand das mit dem Telegramm einfach nicht witzig. Ich konnte da in dem Moment überhaupt nicht drüber lachen. Streng genommen hab ich nie mehr gelacht seit jenem Tag in der Kirche. Weißt du, das Einzige, was mich manchmal so ein bisschen getröstet hat in all den Jahren, war der Gedanke, dass sie vielleicht doch zu dir gehört. Sonst hätte ich das, glaube ich, gar nicht ausgehalten. Daran hab ich mich festgeklammert, an dem Gedanken, dass ihr füreinander bestimmt seid, dass sie mit dir jetzt glücklicher ist, als sie es je mit mir hätte sein können.«

Ob er mich für meine Selbstlosigkeit bewundern solle, will der Klabautermann wissen; ich fische wohl nach Komplimenten? »Petri Heil!«, haucht die Schöne Melusine und schiebt sich langsam die Bademütze vom Kopf, und damit ist sie vollständig nackt, weil sie vorher außer der Mütze und den Seesternen auf Brust und Scham nichts angehabt hat, und die Sterne hat sie schon während des Stangentanzes nach und nach entfernt.

Die Zuschauer, die die Nummer noch nicht kennen, rufen »Ah!« und »Oh!«, weil das eine schöne Überraschung ist, wenn mit einem Mal all dieses kräftige schwarze Haar unter der Gummikappe hervorquillt und sich über Melusines weiße Schultern ergießt, und obwohl ich die Nummer, wie gesagt, gut kenne, rufe auch ich jedes Mal »Ah!« und »Oh!«, und diesmal ist meine Überraschung sogar echt. Weil der Klabautermann mir in Gedanken etwas sagt, das ich noch nicht wusste. Dass meine Verlobte mit ihm gar nicht besonders glücklich sei. Dass er sie nämlich schon vor langer Zeit sitzen gelassen habe.

»Wie meinst du das«, werde ich nachfragen, weil ich ihn wohl nicht recht verstanden habe, »deine Mutter hat immer gesagt, nach dem Spielen muss man aufräumen? Nein«, werde ich widersprechen, nachdem er es noch einmal anders formuliert hat, »das mit den abgetragenen Socken finde ich auch keinen guten Vergleich. Doch, ich wechsele auch regelmäßig meine Socken, aber ... Nach einem Monat war also schon wieder Schluss? Das überrascht mich jetzt doch ein bisschen. Nein, den Brief, in dem das stehen soll, hab ich nie bekommen. Wie auch? Ich musste ja plötzlich aus der Wohnung raus, das solltest du am besten wissen, du bist doch der Hausbesitzer.«

Denn der Klabautermann besitzt eine Menge Geld und Immobilien, das hat meine Verlobte mir noch erzählt, kurz vor unserer Hochzeit, die nie stattgefunden hat, aber ob er das alles mit seiner Tätigkeit als Surflehrer verdient hat, wage ich zu bezweifeln. Obwohl er ihr eine Menge Stunden gegeben hat, und die waren nicht billig.

Eines Samstags war sie nämlich nicht mehr mit mir in den Steinbruch gefahren, sondern alleine an den Baggersee, und seitdem trafen wir uns meist erst wieder am Sonntagabend und erzählten uns von unseren Wochenenderlebnissen. Sie, wie sich bei ihrer ersten Halse der Wind gedreht, das Segel sie ins Wasser gedrückt und der herabstürzende Mast sie fast erschlagen habe, und wie der Surflehrer daraufhin von seinem Brett ins Wasser gesprungen sei, den Arm um ihren

Kopf gelegt und sie an Land gezogen habe. Ich von den Millionen Jahre alten Kostbarkeiten, die ich den Posidonienschiefern der Schwäbischen Alb hatte entreißen dürfen: Teile eines *Steneosaurus bollensis*, ein fast vollständig erhaltenes *Dapedium*, ein *Harpoceras falcifer* sowie einen gigantischen Belemniten.

Darüber bemerkte ich gar nicht, dass meine Verlobte beim Surfen so gar keine Fortschritte zu machen schien, obwohl sie immer mehr Stunden nahm, jeden Samstag und Sonntag, manchmal sogar an Wochentagen abends, und dass sie immer öfter mit blauen Flecken nach Hause kam, die von herabfallenden Masten rührten, auch ganz kleine an Schultern und Hals. Ein Rätsel war mir nur, wie ein so unfähiger Surflehrer so viel Geld verdienen konnte; aber vielleicht lag das ja auch an den guten Beziehungen, die er hatte und von denen meine Verlobte mir mit zunehmender Begeisterung erzählte, und wegen dieser Beziehungen werde ich mich schon wieder entschuldigen müssen.

»Verzeihung«, werde ich zum Klabautermann sagen. »*Sie* sind der Hausbesitzer. Nein, ich kann mich auch nicht daran erinnern, dass du … dass Sie mir das Du angeboten haben«, und, ja, ich wisse auch, dass er mir das Leben in dieser Stadt zur Hölle machen könne, weil er schon als Kind in den Kessel mit Vitamin B gefallen sei.

»Aber jetzt helfen Ihnen Ihre ganzen guten Drähte und Beziehungen und Ihr vieles Geld und Ihr fantastisches Aussehen und Ihre Intelligenz und Bildung und Ihre Schlüsselqualifikationen auch nichts mehr«, werde ich sagen. »Jetzt stehen hier nämlich nur Sie und ich, Mann gegen Mann in dieser entlegenen Gasse, es ist dunkel, und wir sind ganz allein. Das Krächzen der Raben dort oben auf den Schornsteinen übertönt all unsere Worte, und ihr Gefieder ist schwarz, schwarz wie das Haar, das über die Schultern meiner Verlobten fiel, wenn sie es offen trug, schwarz wie das Kellerloch, in dem ich jetzt hause, wie meine Seele.«

Und ich werde spüren, wie die Wut weiter anschwillt, wie sie langsam, aber sicher meine seelischen Deiche unterhöhlt und sich aller Hüllen des Anstands entledigt, bis sie so nackt ist wie die Schöne Melusine, und für den Surflehrer, den ich Klabautermann getauft habe, wird es kein Entrinnen mehr geben.

»Es sind nicht die warmen Abwässer der Stadt, die aus dem Kanaldeckel dort dampfen«, werde ich ihm erklären, »es ist der schwefelige Atem des Teufels. Der Leibhaftige wartet auf Sie, er heizt seinen Backofen schon ein wenig vor, und auch ich bin am Kochen. Nein, es ist nicht der Atem der Angst, der aus meinen Nüstern steigt, es ist der brennende Brodem der Wut. Denn siehe, aus meinem Munde geht ein scharfes Schwert, mein Kleid ist mit Blut besprengt, mein Name ist Treu und Wahrhaftig, meine Augen sind wie eine Feuerflamme, und die Kelter meines Zorns ist am Bersten.«

Und während ich meiner Erbitterung mit Zitaten aus der Johannes-Offenbarung Nachdruck verleihe, passiert auch auf der Bühne etwas ganz Biblisches. Melusine liegt auf dem Rücken, sie strampelt mit gespreizten Beinen, ihre nackten Füße suchen auf dem schlüpfrigen Boden nach Halt und sie fängt leise an zu wimmern. Ihre Hände streicheln über die Brüste, drücken auf ihre Rippen, sie fahren über den Bauch und an den Innenseiten ihrer Schenkel entlang bis zur Scham, Melusine schreit leise auf, stemmt sich mit den Füßen vom Boden ab, ihre Schultern graben sich in die türkisfarbene Chaiselongue, ihr Becken schwebt in der Luft.

»Beiß die Zähne zusammen!«, rufe ich. »Lenk all deine Kräfte nach unten.« Und als ich mir die Tränen aus den Augen gewischt habe, sehe ich den silbrigen Fischschwanz zwischen ihren Beinen. Melusine stöhnt, rotiert mit den Hüften, der Silberstreif zwischen ihren Schenkeln wird größer, er schlägt verzweifelt hin und her, eine schwere Geburt in Beckenendlage, ich kann das beinahe nicht mit ansehen, tue es aber trotzdem, Tag für Tag außer montags, ich denke an meine Verlobte, an den *Stenopterygius quadriscissus*, dieses prachtvolle Muttertier, das vier Embryonen im Bauch hatte, als es sich im Faulschlamm des Jurameers zum Sterben legte und jetzt bei mir zu Hause an der Wand hängt, direkt neben dem Kunstdruck von Caspar David Friedrich.

Auch das Tier zwischen Melusines Beinen scheint nicht mehr ans Licht der Welt kommen zu wollen, es steckt mit den Bauchflossen fest, sein Hinterleib schlägt klatschend gegen die Innenseite der weißen Schenkel, vergräbt sich in ihrem Schoß, bis es Melusine schließlich zuviel wird: Sie packt die launische Forelle mit beiden Händen am Schwanz und zieht sie mit einem letzten, befreiten Schrei aus ihrem Körper.

In diesem Moment fange auch ich an zu brüllen. Wie eine Springflut steigt es in mir hoch, das ganze Erinnerungsbrackwasser der vergangenen Jahre, aus dem Bauch, aus der Leber, aus der Niere, aus der Lunge, unaufhaltsam, immer weiter nach oben, durch meinen Hals, an den Stimmbändern vorbei und durch den Kehlkopf in den Rachenraum, ich presse meine Lippen zusammen, doch die Worte lassen sich nicht mehr aufhalten, sie brennen mir auf der Zunge, seit Jahren schon, »aber jetzt ist der Moment gekommen«, werde ich zum Klabautermann sagen, »der Tag der Abrechnung ist da. Ich richte und streite mit Gerechtigkeit, ich reiße meine Zähne auseinander, verliere die Kontrolle über meine Worte und lasse alles heraus.« Und mein Mund wird sich öffnen, um meinen Zorn über den Klabautermann zu ergießen.

Aber er wird ihn nicht mit sich fortreißen. Denn die Flüche, die aus den Tiefen meines Körpers kommen, werden schon so lange in ihm eingeschlossen gewesen sein, dass sie erstarrt und leblos sind, tot wie die urzeitlichen Meeressäuger an meiner Wand.

»Bösewicht«, werde ich zum Klabautermann sagen und merken, dass ihn das nicht besonders beeindruckt. Ich werde um einen passenderen Ausdruck ringen und den Klabautermann einen Ganoven heißen, einen Haderlump, einen Hallodri, einen Bruder Leichtfuß und einen Liederjan, doch diese altertümlichen Wörter wird er alle nicht kennen. Deswegen werde ich ihm alternativ die Ausdrücke Tunichtgut, Spitzbube und Schlingel vorschlagen, Schlawiner, Schlampazius und Falscher Fuffziger, aber weil er die auch für sich ablehnen wird, werde ich zum letzten Mittel greifen und ihn einen Süßwassermatrosen schimpfen.

Daraufhin wird der Klabautermann mir sein Surflehrerdiplom vorlegen und erzählen, auf welchen Weltmeeren er schon gesegelt ist, und ich werde mich ein drittes Mal entschuldigen müssen, weil ich ihm schon wieder Unrecht getan habe. Und weil mir kein weiteres Schimpfwort mehr einfällt, werde ich sagen: »Nichts für ungut. Mein Fehler. Vergessen wir die Sache doch einfach.«

Das wird dem Klabautermann sehr leicht fallen, weil er ohnehin schon seit Jahren keinen Gedanken mehr an diese Geschichte verschwendet hat. Ich aber werde abends vor der Schieferplatte mit dem schwangeren *Stenopterygius* sitzen und an meine Verlobte denken. Ich werde zur Schönen Melusine gehen und ihren schlingrigen Beinen nachschauen, und wenn ich lange genug an der Seerose und ihrem ellenlangen Stiel gezogen habe, wird unweigerlich die Wurzel mit dem Klabautermann daran wieder auftauchen. »Was willst du denn schon wieder?«, wird er mich fragen. »Du bist schon irgendwie komisch.«

Pappschnee

»Wenn du nicht mit ihr reden kannst, solltet ihr nicht zusammen in Urlaub fahren«, hatte Swantje ihm geraten.

»Das Hoch Ilka führt zunehmend milde Luft auch in unseren Raum«, behauptete der Wetterbericht.

»Wie in Teheran, Jalta, Potsdam«, meinte Katalin. »Oder wie auf diesem Flugzeugträger.«

»Flugzeugträger?«

»Vielleicht war's auch ein Kriegsschiff, keine Ahnung. Du weißt schon: Roosevelt und Churchill, damals im Atlantik. Die haben eine hübsche Fahrt durch neutrale Gewässer gemacht und dabei nebenher die Geschicke der Welt festgelegt. Und das sollten wir auch mal tun, oder? Zumindest, was unsere kleine Welt betrifft.«

Francesco zuckte mit den Schultern und stieß einen Laut aus, der Ja hätte heißen können. »Das Meer ist weit weg«, gab er zu bedenken. »Und ich hab keinen Flugzeugträger.«

»Ihr habt doch diese Ferienwohnung in den Bergen.«

Dem konnte Francesco nicht widersprechen. Und da Swantje ihm keine weiteren Ratschläge gab und der Wetterbericht hielt, was er versprach, fuhren Katalin und er am folgenden Wochenende in die Alpen.

Der Fluss, der dem Tal seinen Namen gibt, zieht sich dunkel und unruhig durch die Reste des schmutzigen Frühjahrsschnees, talaufwärts verzweigt er sich in immer kleinere Bachläufe, die verschneiten Gipfel darüber stehen als weiße Rauten gegen den Himmel.

»Gott mit dir, du Land der Bayern«, preist Francesco das Bergpanorama.

»Heilig, heilig, heilig«, bestätigt Katalin. »Aber schau mal, da.« Sie deutet auf ein Massiv am südlichen Ende des Tales. »Dieser Dreizack sieht ja aus wie das Essbesteck des alten Versuchers persönlich.«

»Das ist die Himmelsgabel. Rechts von ihr ist das Wetterhorn, daneben, etwas zurückgesetzt, die Finalspitze, dann kommen der Elfer- und der Zwölferkogel. Die heißen so, weil da mittags vom Tal aus gesehen die Sonne drübersteht.«

»Ach.« Katalin zeigt auf die östliche Talseite. »Dann ist das wohl die Achterspitze, das der Neunerkogel und der Berg dort das Zehnerhorn. Und hinter uns sehen Sie den Dreizehnerkogel, den …«

»Jaja«, fährt Francesco dazwischen. Er nimmt seinen Rucksack, nickt in Richtung Haustür und sagt: »Ich geh schon mal rein, auspacken und Feuer machen. Ich würde nämlich, solange wir Sonne haben, noch gerne auf den Berg.«

Der Berg, das ist der Gipfel, den Katalin als Dreizehnerkogel bezeichnet hat. In Francescos Familie ist es Tradition, ihn gleich am Anreisetag zu besteigen, und daher hat seine Bezwingung für Francesco, dem spirituelle Dinge sonst fremd sind, den Charakter eines Rituals angenommen, mit dem nicht zu spaßen ist.

»Ich nicht«, sagt Katalin. Sie schaut wieder zu den Gipfeln hoch und beginnt, sich langsam im Kreis zu drehen. »Vierzehnerkogel«, flüstert sie, »Fünfzehner-, Sechzehner-, Siebzehnerkogel«, und als Francesco kurze Zeit später aus dem Haus kommt, ist sie bei vierundsechzig angelangt und liegt auf dem Rücken im Schnee.

Nach einer guten Stunde kommt Francesco auf die freien, geschwungenen Hänge, die sich oberhalb der Waldgrenze zum Gipfel ziehen. Wie die Falten eines Bettlakens, denkt er. Eines ziemlich ausgefransten Bettlakens, ergänzt er schnell, denn Ilka hat die Schneefelder an ihren unteren Rändern schmelzen lassen, sodass darunter das dürre braune Gras des letzten Sommers zum Vorschein kommt. Katalin ist im Tal geblieben, und außer Francesco ist niemand unterwegs. Dennoch fühlt er sich nicht allein.

Zwischen Katalin und ihm wirken telepathische Kräfte, daran hat Francesco keinen Zweifel. Nur leider funktioniert die Verständigung zwischen ihnen eigentlich nur noch telepathisch und über große Entfernung – wenn sie zusammen sind, überlagern sich ihre Wellen, und deswegen sind Katalin und er in letzter Zeit nur selten miteinander verreist. Hier in den Bergen ist der Empfang allerdings ausgezeichnet.

»Wie weit ist es noch bis zum Gipfel?«, hört er Katalin fragen, wahrscheinlich wird sie langsam müde, außerdem hat sie vielleicht nasse Füße, weil ihr ständig der Schnee in die Stiefel fällt.

»Ungefähr eine halbe Stunde. Siehst du da vorne die Anhöhe? Da müssen wir drüber, dann sieht man ihn schon. Am besten, wir gehen nach links auf den Sattel und von dort aus über den Grat.«

Während des Gipfelanstiegs redet er nicht viel, der Hang ist steil und der Schnee wird immer tiefer; Francesco kommt außer Atem, schließlich wühlt er sich auf allen vieren nach oben, auf dem Gipfel lässt er sich rücklings hinfallen, nimmt beide Hände voll Schnee und reibt sich über das verschwitzte Gesicht. Er schließt die Augen, und wenn er den Kopf nach Westen neigt, strahlt die Frühjahrssonne durch seine geschlossenen Lider und färbt die ganze Welt rosa.

Francesco wacht auf, weil ihm die Feuchtigkeit durch Jacke und Hose dringt. Er stellt sich hin, gähnt, reckt die Arme über den Kopf und blickt zurück auf die Fußspuren, die sich zum Sattel hochziehen und ihm von dort entgegenkommen. Dann schaut er in die Senke, die er bisher immer umgangen hat, weil ihm der Gipfelhang darüber zu steil erschien.

»Katalin? Bist du noch da?«

»Hm.«

»Siehst du das auch?«

»Was?«

»Die schwarzen Punkte da unten.«

»Du hast zu lang in die Sonne geschaut, mein Schatz.«

»Stimmt.« Trotzdem hat Francesco das Gefühl, dass sich in der Senke etwas bewegt.

»Wo denn?«

»Links, neben dem graugrünen Fleck.« Francesco geht ein paar Schritte seinem ausgestreckten Zeigefinger nach den Hang hinunter, und jetzt kann auch Katalin die Punkte sehen, wie das Negativ eines astronomischen Fotos sprenkelt ein schwarzes Sternenmeer den Schnee.

Unter Francescos Füßen löst sich ein kleines Schneebrett und gleitet geräuschlos den Hang hinunter. Auch Francesco beginnt zu rutschen, es kommt ihm vor, als sitze jemand huckepack auf seinem Rücken, er verliert das Gleichgewicht, stolpert vornüber und kugelt bergab. Während er auf den Andromedanebel zufliegt, sieht er, dass auch die Sterne mit ihm zum Talgrund springen, gleichzeitig hört er ein sphärisches Brummen, einen wortlosen Gesang, der immer lauter wird. Als er im Zentrum des Spiralnebels gelandet ist, bewegen die Punkte sich immer noch.

Manche erwachen unter den Strahlen der Sonne gerade aus ihrer Winterstarre, lösen sich aus der Umarmung der Schneemassen und beginnen, träge durch den weißen Raum zu kriechen. Andere springen bereits auf kalten Zehen durch den Schnee und suchen die Wärme anderer Körper. Sobald ein Männchen in die Nähe eines Weibchens gerät, ist es unrettbar verloren, es hopst auf sie zu, stülpt seinen pockigen braungrünen Körper über den ihren, und dann taumeln die beiden als pulsierendes, achtbeiniges Wesen weiter.

Wie feuchter Schnee an einen Schneeball heften sich immer neue Kröten an die quakende Kugel, verstricken sich mit ihr zu einem einzigen strampelnden Knäuel, und wenn es lange genug gestrampelt und pulsiert hat, quillt aus dem Bündel eine gallertartige Laichschnur, spinnt sich durch den Schnee, durch das eisige Tauwasser eines gerade entstehenden Tümpels, wohin die Kugel auch rollt, und als Francesco sie anschaut, scheinen ihm die kleinen schwarzen Zellkerne fast genauso weit entfernt zu sein wie vorher, vom Gipfel aus gesehen, die Kröten.

»Ist das nicht unglaublich? Kaum sind die aufgetaut, fangen sie an, das Tier mit den zwei Rücken zu machen. Das heißt, na ja, eigentlich nur mit einem Rücken. Du weißt schon, weil …«

»Ich weiß«, unterbricht ihn Katalin. »Aber mir ist auch ganz schön kalt. Kommst du vielleicht mal langsam nach Hause?«

»Sie konnte nicht mit, weil ihr schwindelig war«, erklärt Francesco den Kröten. »Aber ich komme morgen wieder, und dann bringe ich sie mit und stelle sie euch vor. Zumindest werd ich das versuchen. Halt durch!«, beschwichtigt er Katalin. »Der Versucher kommt.«

Francesco läuft den Hang hinunter, zuerst langsam, dann immer schneller. Kurz vor dem Waldrand setzt er sich auf seine Regenjacke und rutscht das letzte verbliebene Schneefeld hinunter.

»Hast du mich eigentlich noch lieb?«, ruft er laut und horcht in das Tal hinein; er achtet einen Moment lang nicht auf die Strecke und bleibt an einer aus dem Schnee ragenden Baumwurzel hängen, der Berg reißt ihm die Kleider vom Leib und Francesco hakt noch mal nach. »Wirklich?«, fragt er, ganz sicher ist er sich nicht und es ergibt auch akustisch keinen Sinn, aber als er vom Schneefeld auf die Wiese und von dort in das angrenzende Waldstück rollt, kommt es ihm vor, als antworte das Echo zweimal mit Ja.

»Wie siehst du denn aus?« Katalin deutet auf Francescos durchnässte Jacke, seine zerrissene Hose, die Haare, in denen Reisigstücke und Erde hängen.

»Ich hatte nur ein kleines Tête-à-tête mit dem Berg. Mit dem Dreizehnerkogel«, gesteht Francesco zerknirscht und bereut sofort, das prekäre Thema Tête-à-tête angeschnitten zu haben. Er kann nur hoffen, dass dieses leichtfertige Geständnis nicht zu Nachfragen über andere vertrauliche Treffen führen wird.

»Und? Wie war er?«

»Oh, sehr, äh, zupackend. Aber gleichzeitig sehr zärtlich. Er hat schrecklich starke Arme. Ungefähr so stark wie …«, Francesco schaut sich in der kleinen, holzgetäfelten Stube nach einem passenden Vergleich um, »… ungefähr so stark wie der hier. Fühl mal.« Er winkelt den rechten Arm an, spannt den Bizeps und streckt ihn Katalin entgegen.

Katalin fühlt, sagt »Ooooh« und verdreht die Augen, dann muss sie sich erst mal setzen. »Du Glücklicher.«

»Warum denn Glücklicher?«, will Francesco genauer wissen.

»Na weil, ein Berg mit so starken Armen …« Katalin kann vor Begeisterung nicht weitersprechen, sie schüttelt heftig den Kopf, um die Gedanken an den Berg zu verscheuchen.

Francesco setzt sich auf den Sessel ihr gegenüber und beginnt, die erdverkrusteten Schnürsenkel seiner Stiefel zu lösen. »Und, was hast du heute Nachmittag gemacht?«

Katalin zieht die Beine auf die Couch, stützt ihre Ellenbogen auf die Knie, das Kinn auf die Hände und schaut nachdenklich zur Decke. »Also, bis gerade eben habe ich tief gechlafen.« Sie sagt wirklich »gechlafen«, wie die Schlange im *Dschungelbuch*, Francesco ist immer ganz hypnotisiert, wenn sie das macht. »Und davor war ich draußen im Chnee.« Katalin runzelt die Stirn. »Ich habe in der Sonne gelegen, über uns beide nachgedacht und Chnee-Engel gemacht.«

»Ach ja. Das ist, nun, sehr lobenswert.« Francesco meint die Schnee-Engel. Er steht auf, öffnet die Gürtelschnalle und zieht seine dreckigen Jeans aus. »Und wie viele hast du gemacht?«

»Oh«, da kann Katalin nur abwägend mit der Hand wedeln, »eins, zwei, viele.« Sie lässt sich erschöpft auf die Schlafcouch sinken und deutet im Liegen ein paar Hampelmänner an. »Immer rauf und runter, rauf und runter. Ein bisschen wie unsere Beziehung. Francesco?«

Sie schaut ihn sehr ernst an. Francesco hat sein verschwitztes Hemd ausgezogen und ist eben im Begriff, nach nebenan zu gehen, um sich zu waschen. Er kann jetzt unmöglich irgendwelche Fragen beantworten, denkt er, nackt und schmutzig wie er hier steht, das wird er genau so sagen und sich dann beim Waschen eine Erklärung zurechtlegen.

»Was denn?«

»Ich hatte auch ein Tête-à-tête.«

»Ach ja?« Francesco setzt sich zu ihr auf die Couchkante. »Wer ist denn der Glückliche?«

»Die Glücklichen«, korrigiert Katalin. Sie hält Francesco zwar weiterhin den Kopf zugewandt, schaut aber knapp an ihm vorbei. »Ich glaube, ich hab mich ein bisschen in die Jungs an der Wand da verguckt.« Sie deutet auf eine Reihe von gerahmten Familienfotos, dann schaut sie Francesco zum Vergleich in die Augen.

»O nein.« Bei dem Gedanken, die alten Kinderbilder könnten Katalin gefallen, muss er sich an ihrem Oberschenkel festhalten. »Ich war damals doch nicht hübscher als jetzt?«

»Du hattest so was Verschmitztes, Unschuldiges.« Katalin ignoriert, dass Francesco sich neben ihr auf die Couch gelegt hat und dass seine Hand nicht mehr an ihrem Schenkel ruht, sondern angefangen hat, ihr Hemd aufzuknöpfen.

»Aber ich bin doch immer noch verschmitzt und unschuldig.« Er streift ihr das Hemd über die Schultern und nimmt zufrieden zur Kenntnis, dass Katalin ihren Oberkörper kooperativ leicht anhebt.

»Schon. Aber eben nicht so süß wie früher. Auf dem Klassenfoto da, mit der Otto-Schily-Frisur und dem Polohemd, da siehst du richtig niedlich aus. Sogar, als wir uns kennen gelernt haben, warst du noch halbwegs passabel.« Sie streicht Francesco über den Kopf und gibt ihm einen Kuss, weil er ihr sonst keine Ruhe lässt. »Und unterhaltsam. Ich glaube, du warst nie wieder so gesprächig wie bei unserem allerersten Treffen.«

»Nein?« Da Francesco sich partout an nichts erinnern kann, beschließt er, seine ganze Aufmerksamkeit dem vertrackten Verschluss von Katalins Büstenhalter zu widmen.

»Du warst eine ziemliche Mogelpackung. Am Anfang warst du außen ganz hui, hast von all den Wanderungen erzählt, die du mit mir machen wolltest, und den tollen Geschichten, die wir zusammen schreiben könnten …«

»Wirklich?«

»… aber dann, als wir uns besser kennen gelernt hatten, war damit plötzlich Schluss. Chluss«, zischelt Katalin und lässt ihre Zunge über seine Lippen gleiten. »Was gab's denn da noch zwischen uns?«

»Sex?«, schlägt Francesco vor und schaut sie fragend an; auch beim Reißverschluss von Katalins Hose braucht er ihre Hilfe. »Außerdem«, gibt er zu bedenken, »können wir Männer nichts dafür, wenn wir anfangs leere Versprechungen machen. Das hängt mit den Dings, Endorphinen zusammen, die uns bei so einem ersten Rendezvous durch den Körper jagen. Die stacheln uns zu kommunikativen Höchstleistungen an, von denen wir später nicht mehr zu träumen wagen. Wenn die weg sind, zerschmelzen wir mitsamt unserer Gesprächigkeit wie die Schneebälle in der Hölle.«

»Arme Teufel.« Katalin legt mitfühlend die Hände um seinen Kopf.

Francesco spürt, wie sich ein paar übrig gebliebene Endorphine doch noch aufrappeln können, da erinnert er sich, dass sie nicht zum Vergnügen hier sind. Er hält Katalin ganz fest, beugt sich über ihr Ohr und haucht: »USS Katalin, bitte kommen! Wir sind ganz allein über dem kalten Nordatlantik und erbitten Landeerlaubnis.«

»*Roger*, aua, Vorsicht! Na gut, Landeerlaubnis erteilt«, lässt der Tower sich breitschlagen.

»Danke. *Roger* und aus.«

Am nächsten Morgen wird Francesco bekannt geben, dass er mit dem bisherigen Verlauf der Gespräche sehr zufrieden sei.

Königreich Katalin, schreibt Francesco mit dem Zeigefinger auf das Bettlaken. Dann, zwanzig Zentimeter daneben: Vereinigte Staaten von Francesco. Er reibt sich zwei Körnchen mit Sekret aus den Augen, dann schreibt er eine Reihe von Namen in den Raum zwischen den beiden Ländern.

Swantje.

Beatrice.

Arabel.

Judith.

Nein, denkt er und streicht den letzten Namen wieder durch; die Sache mit Judith war eigentlich nicht der Rede wert. Arabel? Ebenso. Das wäre ein so grobes Missverhältnis zwischen dem, was da war, und dem Ärger, den ein Geständnis nach sich ziehen würde, dass Katalin besser nichts davon erfährt, zumal sie nie den geringsten Verdacht geschöpft hat. Dasselbe gilt im Prinzip für Beatrice, denkt er. Und irgendwie auch für Swantje.

»Was malst du denn da?«, fragt Katalin und gähnt.

»Nichts«, Francesco streicht das Laken wieder glatt. »Eine Weltkarte. Guten Morgen.«

»Morgen«, sagt auch Katalin, und Francesco denkt, dass er das Gespräch irgendwie am Laufen halten muss, bloß keine Stille eintreten lassen, sonst kommt die Delegation des verbündeten Königreichs womöglich auf dumme Gedanken.

»Wie hat dir das Tier mit den acht Beinen gefallen?«, fragt er beim Frühstück.

»Was?«

»Mit den vierzig Zehen. Mit den vierundsechzig Zähnen. Mit ...«

»*Roger*. Ich verstehe. Es war okay«, sagt Katalin und verzieht den Mund zu einem Sekundenlächeln, so ein kurzes Grinsen, das eigentlich nur hervorhebt, dass vor und nach ihm nicht gelächelt wird. »Ich habe mich gut unterhalten.«

Francesco merkt, wie das Bedürfnis, sich endlich auszusprechen, in Katalin hochsteigt wie die kochende Milch auf dem Feuer. Während er zum Herd rennt und den Topf von der Flamme nimmt, ruft er: »Ich muss dir etwas zeigen.«

»Was denn?«

»Darüber kann ich nicht reden«, erklärt er, als sei das eine Ausnahme. »Ihr Name ist unaussprechlich.«

»Und wer ist sie?«

»Sind«, sagt Francesco, »Plural. Ihre Zahl ist Legion. Aber um sie zu sehen«, er fischt mit der Gabel die Haut von der Milch und breitet sie auf Katalins Teller aus wie ein Bettlaken, »müssen wir zum Gipfel der Genüsse.«

»Warum fahren wir, wenn wir schon mal zusammen verreisen, eigentlich nicht irgendwohin, wo es warm ist?«, schimpft Katalin, als ihr schon wieder eine Ladung Schnee in die Schuhe fällt.

»Vielleicht nach Teheran?«, schlägt Francesco vor. »Oder nach Malta?«

»Jalta«, verbessert Katalin. »Wie weit ist es noch bis zum Gipfel?«

»Ungefähr eine halbe Stunde. Aber da wollen wir gar nicht hin.«

»Wohin denn dann?«

»Siehst du die Anhöhe da vorn? Da müssen wir rüber, dann sind wir schon fast da.« Bereits von ferne sieht Francesco die schwarzen, flimmernden Punkte.

»Was ist denn das für ein Geräusch?«

»Das sind *sie*. Sind offenbar schon ganz aufgeregt, dich kennen zu lernen. Gib mir mal deinen Arm.«

Widerwillig lässt Katalin sich an der Hand nehmen, ihre Finger sind kalt, aber nicht so kalt wie die, die Francesco ihr plötzlich auf die Augen legt.

»Sag mal, spinnst du? Nimm sofort die Eiszapfen da weg.«

»Wir sind ja gleich da. Wir kommen schon!«, ruft Francesco den Kröten entgegen, deren Quaken immer lauter wird. Aus den dunklen Punkten werden langsam Paare, Laichklumpen, einsame Amphibien auf der Suche nach einem anderen nasskalten Leib.

»Jetzt darfst du«, sagt Francesco, als sie am Tümpel angekommen sind, und nimmt die Hand von Katalins Augen.

»Na, vielen Dank. Wo soll ich denn hinschauen?«

»Dorthin zum Beispiel.« Francesco deutet stolz auf ein Gewirr von zuckenden Körpern, Beinen und Balzblasen.

Manchmal steigt die Kugel für einen Augenblick zur Oberfläche. Dann schwimmt eine weitere Kröte auf sie zu, klammert sich an ihr fest wie an einer Rettungsinsel, und das Knäuel versinkt wieder strampelnd im Wasser. Aber eigentlich kann von Wasser keine Rede mehr sein, fast die gesamte Mulde ist inzwischen mit glasigen Kröteneiern angefüllt, auf allen Seiten quillt der Laich über die Ränder des Tümpels, und an seiner Oberfläche schimmern lauter kleine Halbkugeln, als sei die Flüssigkeit darin am Kochen.

Katalin kneift die Augen zusammen und schaut zu Francesco, aber nur für einen winzigen Moment. Dann wendet sie den Blick wieder von ihm ab und schaut in Richtung der Berggipfel, womöglich noch weiter. »Und was zum Teufel soll das sein?«

»Das ist Andromeda. Katalin – Andromeda. Andromeda – Katalin.«

Francesco nimmt Katalins Arm, als wolle er ihn zum Tümpel führen, zum freundschaftlichen Händedruck. Sie lässt es einen Augenblick lang geschehen, dann reißt sie sich los und geht zwei Schritte nach hinten, das Rosa ihrer Wangen verdunkelt sich zu einem kräftigen Rot. Francesco schaut auf ihre Füße und lässt seinen Blick dort ruhen.

»Francesco«, sagt Katalin. »Das ist absolut ekelhaft. Vögelnde Frösche in Eisbrühe«, sie spricht das aus, als sei es ein Kochrezept, »das ist so ungefähr das Ekelhafteste, was ich mir vorstellen kann.«

Francesco sieht, wie sie auf ihn zutritt, auch, dass sie angefangen hat zu zittern, ob aus Wut oder vor Kälte, kann er anhand ihrer Beine nicht beurteilen.

»Ist das deine Vorstellung von einem Krisenwochenende zu zweit? Mit nassen Füßen durch die Berge stolpern, um eine Horde fickender Amphibien anzuschauen? Willst du mir damit was sagen? Hallo! Vereinigte Staaten von Francesco, bitte kommen! Willst du vielleicht überhaupt mal was sagen?«

Francesco schaut langsam zu Katalin auf, und es kommt ihm vor, als hinge ein ganzer Zentner Algen an seinem Hals. Er denkt an all die Sätze, die er sagen könnte, aber sobald er sich für einen entschieden hat, ist der Moment, ihn auszusprechen, schon wieder vorbei. »Gibt's im Atlantik eigentlich auch Kröten?«, fragt er schließlich, obwohl er ahnt, dass das im Moment nicht die richtige Frage ist. Dabei bemüht er sich, verschmitzt und unschuldig zu grinsen.

Katalin dreht sich um und beginnt, den Hang hinunterzugehen. Irgendwann ist sie nur noch ein kleiner schwarzer Punkt auf dem Schneefeld. Die Kröten blicken ihr eine Weile lang schweigend nach, dann machen sie weiter, als wäre nichts geschehen. »Wir sprechen uns noch«, zischt Francesco ihnen zu.

Ab achtzehn

»Wir waren im siebten Himmel«, sage ich und stöhne. Ein paar Leute fangen an zu kichern. Das kommt zwar zu früh, aber ich kann mich nicht beherrschen: »O mein Gott!«, keuche ich. »Mach, dass das niemals aufhört!«

Das Lachen wird lauter, jemand schreit: »Ausziehen!« Ich lasse den Blick über das Publikum schweifen, atme tief durch und werde sehr ernst.

»Und siehe«, verkündige ich mit Prophetenstimme, »die Nacht ging zu Ende, der Morgen kam, und es hörte nicht auf. Die Kollegen fragten sich, warum ich nicht zur Arbeit erschien. Deine Mutter rief an, doch wir hörten das Telefon nur von ferne. Die Nachbarn unter uns begannen, sich über das Knarzen des Lattenrostes zu wundern.«

Ich nehme das Mikrofon aus seiner Halterung und beuge mich runter zum Publikum. Hinten an der Wand sehe ich eine ältere Frau, die sich einen Fotoapparat vors Gesicht hält.

»Die Nacht kam, wie sie gegangen war, doch wir machten unbeirrt weiter. Wir bemerkten nicht, wie der Mond aufging, wie der Himmel sich drehte und die Sonne an den Horizont heranschlich. Wir merkten nur, dass es wunderschön war, wenn auch, auf Dauer, verdammt anstrengend.«

Ich lasse die Schultern sinken und streiche mir mit dem Handrücken eine Strähne aus den Augen. Dann erzähle ich von atemlosen Tagen ohne Frühstück, Mittag- oder Abendessen, vom ständigen Läuten des Telefons, vom Klingeln und Klopfen an der Tür, von den pikierten Nachbarn, die immer lauter mit dem Besenstiel gegen die Decke klopften, sowie von den Pilzen, die schließlich aus der körpersaftnassen Matratze wucherten und unsere ausgemergelten Körper umschlangen. Irgendwo blitzt eine Kamera.

»Liebling«, japse ich, »lange mache ich das nicht mehr mit.« Weil ich weiß, dass schlüpfrige Texte besonders gut ankommen, wenn sie mit pubertärer Todessehnsucht versetzt sind, füge ich noch hinzu: »Und in der Tat: Am dritten Morgen waren wir tot.«

Inzwischen lachen die meisten meiner Zuhörer, und ich reiße das Finish der Geschichte kurz und trocken herunter, um sie mitzunehmen, bevor sie über den Höhepunkt hinaus sind.

»Und als wir an das Himmelstor klopften, und Petrus heraustrat und sagte: ›Den Weg hier rauf hättet ihr Ferkel euch wirklich sparen können‹, da trieben wir es immer noch:

immer-, immer-,
zuzu,
und von Ewigkeit zu Ewigkeit, Amen.«

Ich nicke zum Zeichen, dass mein Beitrag zu Ende ist, und die Kneipe fängt an zu johlen. Die Jury, die der *Master of Ceremonies* zu Beginn der Veranstaltung aus dem Publikum ausgewählt hat, hebt brav ihre Papptäfelchen.

»Eine Neun, eine Acht, noch eine Neun, eine Zehn, eine Neun und noch eine Zehn«, fünfundfünfzig von sechzig möglichen Punkten, ich fühle mich wie eine Eisprinzessin. Ich mache einen Knicks und hauche: »Danke.« Bevor ich mit einem großen Schritt von der Bühne gehe, sage ich noch: »Ihr wart ein geiles Publikum!«, aber so, dass jeder merkt, dass das ironisch gemeint ist. Was ich nicht sage, ist, dass die Geschichte gar nicht von mir stammt, sondern von Frau Erdbeer.

»Das war bei diesem Wettbewerb in der Alten Fleischerei. Eine wirklich nette Kneipe übrigens. Da hat Daniel den ersten Platz gewonnen.«

Sie streicht mir über die Haare. Ich drehe unwirsch den Kopf zur Seite, klemme mir einen Nerv ein und sage: »Scheiße.«

Ich schaue Karsten und Ingrid an und hebe entschuldigend die Hände. Die beiden sind alte Studienfreunde meiner Eltern und sind es daher gewohnt, dass Mama nach dem Abendessen die neuesten Familienfotos präsentiert. Sie sind es ebenfalls gewohnt, dass ich dann immer anfange zu fluchen, besonders, wenn ich schon etwas getrunken habe.

Papa schaut betreten auf den Tisch, denn er muss bei jedem Besuch die Fotos mit anschauen, traut sich aber nie, etwas zu sagen. Manchmal schaut er stumm zu mir rüber und ich sehe, dass er leidet, nicht schlimm, nur so ein Alltagsleiden, und Mama sieht das auch, übergeht es aber geflissentlich und holt das nächste Album. »Sie ist ein ziemliches Weib«, wie Esther es ausgedrückt hatte, und so, wie sie das Wort aussprach, war klar, dass sie hoffte, vielleicht auch mal eine Mutter zu werden oder eine Heilige oder eine Hure, alles Mögliche, nur unter gar keinen Umständen ein Weib.

»Und das ist Daniels neue Freundin«, sagt Mama. Esther und ich stehen uns gegenüber, ich schaue sie mit offenem Mund an, Esthers rechte Hand hängt eingefroren in der Luft, sie blickt genau in die Kamera.

»Das ist nicht meine Freundin«, sage ich. »Das ist nur so eine Bekannte von mir. Wir haben uns nach dem Slam unterhalten.«

»Die ist aber hübsch«, findet Ingrid, und meine Mutter schaut stolz zu mir rüber.

»Da war nichts«, sage ich, doch Widerstand ist zwecklos, die Großen haben sich längst darauf geeinigt, dass Esther meine Freundin ist, obwohl das leider nicht stimmt. Womit sie Recht haben, ist, dass sie wirklich sehr hübsch ist, trotz der roten Blitzlichtaugen, die sie etwas dämonisch aussehen lassen.

»Und hier ist noch mal ein Bild von der Kneipe, wo das Ganze stattgefunden hat.«

Zwei Fotos sind aneinander geklebt, man hat einen 180-Grad-Blick auf einige Dutzend Hinterköpfe, einen Tresen, hinter dem ein junger Mann mit Wollmütze bedient, und eine kleine Bühne im Hintergrund. Dort steht ein Neunzehnjähriger mit einem Mikrofon in der Hand. Er trägt eine schwarze Bundeswehrhose, DocMartens und ein T-Shirt, auf dem »Tagedieb« steht. Das bin ich.

»Dein Text hat mir gut gefallen«, sagte Esther, als ich an ihr vorbei zum Tresen drängelte.

»Danke.« Ich war von meinem Sieg noch voller Adrenalin und Größenwahn und erwartete sowieso nichts anderes als überschwängliches Lob.

»Zumindest hast du ihn ganz gut vorgetragen. Ich weiß jetzt nicht, ob ich so was lesen würde.«

»Na ja.« Ich zuckte mit den Schultern. Esther pochte mir mit dem Zeigefingerknöchel auf das Brustbein.

»Du stehst gut auf der Bühne. Sehr souverän. Nur das mit dem T-Shirt würde ich mir noch mal überlegen. Das ist ziemlich albern. Du siehst nämlich gar nicht wie ein Tagedieb aus.«

»Ach nein? Bin ich aber.«

»Ach ja?«

»Allerdings. Und ein Nächtedieb erst. Ich klaue alles: Dämmerung, Mitternacht, Morgengrauen.«

»Dann bist du ja ein ganz schlimmer Finger«, sagte sie spöttisch. »Und was machst du, wenn du gerade keine krummen Dinger drehst?«

»Äh … Zivildienst. Und du?«

»Rate mal.«

»Hm ... Lass sehen. Darf ich?«

Ich nahm ihr rechtes Handgelenk, drehte die Handfläche nach oben und fuhr mit meinem Zeigefinger die Falten entlang, die sich wie Radspuren im Schnee durch ihre weiße Haut zogen. Esthers Haut war weich und glatt und ein wenig fettig, ganz anders als die karstigen Flächen, die ich sonst jeden Tag berührte. Meine Fingerspitze geriet ins Schlingern, rutschte in die Furche, die sich als Halbkreis um den Daumen zieht, und am Ballen vorbei auf das Handgelenk. In der kleinen Mulde, wo der Puls schlägt, blieb sie liegen.

»Genau kann ich es nicht sagen, deine Karrierelinie ist noch nicht ausgeprägt genug. Aber ich prophezeie dir eine große Zukunft als Model für Hautcreme.«

Esther lachte, entzog mir ihre Hand und schlug ein zweites Mal auf meinen Brustkorb, diesmal etwas fester. Ich sah, wie sich rechts von uns etwas bewegte. Esther schaute hin, und Mama machte das Foto.

Natürlich hatte ich gelogen: Morgens um halb sieben ist zum Beispiel eine Zeit, die ich niemandem freiwillig wegnehmen würde. Draußen ist es noch dunkel, wir sitzen um den mit einem Wachstischtuch bedeckten Tisch im Aufenthaltsraum, trinken Kaffee und rauchen.

»Nuttenfrühstück«, sagt Schwester Jeannine und lacht, dass die Bronchien krachen. Dann steckt sie sich eine weitere Zigarette an. Markus nimmt ein Schokoladenosterei aus dem Körbchen, in dem wir die Sachen deponieren, die uns von den Bewohnern und ihren Angehörigen zugesteckt werden. Auch die Tischdecke ist ein Geschenk, mit ihren unruhigen Runen auf hellgrünem Grund sieht sie aus wie ein besudelter S-Bahn-Sitz.

Schwester Magdalena schaut von ihrer Zeitung auf. »Bei mir zu Hause haben wir so was immer mit Eisbeutel und Fön behandelt.«

Sie meint die Liegegeschwüre von Frau Friedrich auf der Zwei. Eben war die Nachtwache da und hat gesagt, dass sie wieder größer geworden sind. Außerdem hat Frau Friedrich sie inzwischen nicht mehr nur am Hintern, sondern auch an Fersen und Schultern.

»Erst bläst du eine Minute lang heiße Luft auf die Wunde, bis sie sich ausdehnt. Dann musst du einen Eisbeutel drauflegen, damit sie sich wieder zusammenzieht. Dann kommt wieder der Fön. Dann wieder der Beutel, und so weiter. Als ich noch Stationsleiterin in Bukarest war, haben wir das immer so gemacht. So ein Wechselbad kräftigt das Gewebe. Ist wie im Winter in der Sauna.« Wegen ihrer Behandlungsmethoden nennen wir Magdalena auch Schwester Ceauşescu.

»Jetzt hör aber auf«, sagt Markus mit vollem Mund. »Es ist mir egal, was du früher gemacht hast. Solange ich Stationsleiter bin, werden hier keine Bewohner gequält.«

»Ach was, gequält. Die gute Frau ist doch selber schuld«, quengelt Magdalena weiter. »Wenn sie sich mal ein bisschen bewegen und nicht die ganze Nacht faul auf dem Rücken liegen würde, hätte sie auch keinen Dekubitus, oder?«

Markus schaut auf seine Uhr, dann wirft er das zusammengeknubbelte Silberpapier zurück in den Korb, schlägt einen aufmunternden Trommelwirbel auf den Tisch und springt auf. Er gehört zu jenen Menschen, die auch schon morgens um halb sieben Energie und gute Laune verbreiten können. Außerdem ist er Schlagzeuger in einer christlichen Rockband.

»Nu mach doch nicht so 'ne Hektik«, sagt Jeannine und hustet. »Mutter wird ja wohl noch in Ruhe zu Ende frühstücken dürfen.«

»Ich geh schon mal los und schau nach unserer Frau Friedrich«, sagt Markus. »Magdalena, du kümmerst dich um den ersten Stock. Daniel, du bist im Erdgeschoss. Und Jeannine, wenn du fertig bist, trag bitte die Medikamente aus.«

»Jawoll, Herr General«, sagt Jeannine. Ich trinke meine Tasse leer, schlucke die kalte Schliere aus Kaffeesatz und Zucker, die sich am Boden gebildet hat. »Apropos General«, sagt Jeannine zu mir. »Schöne Grüße an den Leutnant.«

Klopfen, die Klinke drücken und den Lichtschalter links der Tür nach unten legen sind eins. Der Leutnant liegt in Frau Erdbeers dicken Armen und schläft noch. Frau Erdbeer liegt mit nichts als einem Kruzifix bekleidet auf dem Rücken, schnarcht mit offenem Mund, die Bettdecke hat sie im Schlaf zur Seite geschoben. Ihr nasses Nachthemd liegt zusammengeknüllt auf dem Boden, direkt neben der Windel.

Ich stelle den blauen Plastikeimer ab, gehe zum Fenster und ziehe den Vorhang auf. Dann fische ich ein Paar Einmalhandschuhe aus der Tasche und ziehe sie an, nehme die Windel und das Nachthemd vom Boden auf. Die Windel ist nass und schwer und macht ein dumpfes Geräusch, als ich sie in den Eimer werfe. Frau Erdbeer öffnet träge die Augen.

»Was willst du denn hier?«

»Erst mal guten Morgen«, sage ich.

»Erst mal verpiss dich.«

Die Augen schließen sich wieder. Ich gehe zum Waschbecken, drehe den Warmwasserhahn auf und werfe einen Waschlappen hinein. Dann fahre ich den Klostuhl neben das Fußende des Bettes und blockiere die Räder. Ich stelle das Wasser ab, gehe wieder zu Frau Erdbeer und berühre sie leicht an der Schulter. Diesmal reißt sie die Augen schlagartig auf.

»Leutnant!«, schreit sie. »Schaff mir den Idioten vom Hals.«

Der Leutnant rührt sich nicht, vermutlich ist er privat hier. Auch ihre Hunde, Katzen und Giraffen kommen Frau Erdbeer nicht zu Hilfe.

»Scheiße«, sagt sie und setzt sich auf. Das Kruzifix baumelt zwischen ihren schlaffen Brüsten. Sie sitzt schläfrig mit halb offenem Mund, wiegt den Kopf hin und her und starrt auf meine Hose.

»Allerdings«, bestätige ich.

»Was denn?« Frau Erdbeer schmatzt nachdenklich mit den Lippen.

»Na, die Bescherung in Ihrem Bett.«

»Ach so.«

Sie schaut auf das verkrustete Laken neben sich und rümpft die Nase. »Das war der Leutnant«, sagt sie und pfeffert das Püppchen in die Ecke. »Mal was ganz anderes«, sie deutet auf den Reißverschluss meiner Hose, »was ist denn da drin?«

»Das geht Sie nichts an.«

»Und ob mich das was angeht.« Seitdem der Leutnant mit dem Gesicht nach unten im Dreck liegt, hat Frau Erdbeer hier das Sagen. Ihr Schmatzen wird schneller, wie ein Tischtennisball, der in kleiner werdenden Abständen auf eine Platte fällt. »Zieh dich aus.«

»Aber Frau Erdbeer«, wende ich ein, »das geht nicht.«

»Jetzt hab dich nicht so, da ist doch nichts dabei. Ich könnte ja deine Mutter sein.«

»Eben«, sage ich. »Sogar meine Großmutter. Aber abgesehen davon soll ich Ihnen doch beim Waschen und Anziehen helfen. Und nicht Sie mir beim Ausziehen.«

Frau Erdbeer wackelt weiter mit dem Kopf, schiebt den Unterkiefer nach vorne, bleckt die Zähne und beißt sich auf die Lippen. Ihre Hände öffnen und schließen sich, verkrallen sich schließlich im Gummiüberzug, der unter ihrem Laken hervorlugt.

»Außerdem hab ich eine Freundin.«

»Ach ja?« Frau Erdbeers Hände entkrampfen sich, sie hört auf, mit dem Kopf zu wackeln, und sieht mich scharf an. Die Tierbilder an den Wänden halten den Atem an. Nach einer halben Minute grinst Frau Erdbeer zufrieden. »Nee nee nee nee nee«, sagt sie und schüttelt den Kopf. »Du lügst.«

»Tu ich nicht«, sage ich, und obwohl ich einer sechsundachtzig Jahre alten Paranoikerin keine Erklärung dafür schuldig bin, warum ich mich nicht vor ihr ausziehe, erzähle ich ihr von dem Poetry Slam und davon, dass mich dort ein Mädchen angesprochen hat und wie wir uns den ganzen Abend lang unterhalten haben, und als Frau Erdbeer fragt, wie meine neue Freundin denn heißt, sage ich: »Esther.«

Das ist in meinem Zimmer. Zum Glück saßen wir da gerade ganz unschuldig nebeneinander auf dem Bett. Das hier ist zwei Stunden später, im Wohnzimmer beim Abendessen. Papa lächelt, weil er weiß, dass das Foto sonst wiederholt werden muss, und auch ich schaue so freundlich wie möglich. Nur Esther sieht komisch aus, weil sie den Mund voll hatte und nicht mehr rechtzeitig schlucken konnte. »Jetzt mach ich noch eins, für alle Fälle«, hat Mama gesagt, und weil ich auf diesem Foto die Augen genervt nach oben verdrehe, gibt es noch dieses vierte Bild von Esthers letztem Abend bei mir, das Bild, auf dem wir alle lächeln.

In den zwei Stunden zwischen dem ersten und dem zweiten Foto ist nichts passiert. Ich habe zwar versucht, Esther zu überzeugen, dass meine Mutter nur ein einziges Foto machen wollte und deshalb bestimmt nicht mehr in mein Zimmer kommen würde, aber da hatte sie sich schon auf den Schreibtischstuhl gegenüber vom Bett gesetzt, und dort war sie nicht mehr wegzukriegen, bis Mama uns um sieben Uhr zum Abendessen rief.

Beim Essen habe ich ziemlich viel geredet. Ich habe erzählt, wie ein Liegegeschwür entsteht, wie es mit Salbe und steriler Tamponade behandelt wird und dass es trotzdem nur sehr schwer wieder verheilt, dass sich das Fleisch bis auf den Knochen runter entzünden kann, was zu schrecklichen Schmerzen, Knochennekrose oder sogar Blutvergiftung führt, und dass Frau Friedrich deshalb wahrscheinlich nicht mehr lange zu leben hat.

»Guten Appetit«, sagte Mama.

»Entschuldigung, aber ich sehe so was ja jeden Morgen, da beschäftigt mich das eben.« Ich hatte am Tag zuvor Markus bei der Wundbehandlung geholfen, und als ich am Morgen aufgewacht war, hatte ich nicht von Esther geträumt wie die Nächte zuvor, sondern von einem riesigen Dekubitus, pulsierend wie eine Seeanemone.

»Esther, mögen Sie noch von dem Fisch?«, fragte Mama, bevor sie aufstand und ihre Kamera holte.

»Gerne.«

Ich öffnete eine weitere Flasche Weißwein und schenkte mir nach. »Weißt du was?«, fragte ich Mama, als sie den Fotoapparat wieder vom Gesicht genommen hatte. »Du bist auch irgendwie ein Fisch. Ein dicker Raubfisch.«

»Was soll das denn heißen?«, fragte Papa, aber freundlich, es war ja Besuch da.

»Na, irgendwann frisst Mama uns noch mal alle auf mit ihrer Kamera. Wir schwimmen friedlich durch die Welt, machen hin und wieder mal einen Schnappschuss, aber immer nur Kleinkram, Plankton, ein Polaroid unter Freunden. Jedenfalls stehen wir ganz unten in der Nahrungspyramide. Plötzlich: Happs! kommt der große Mamafisch und schluckt uns mit seinem 180er Tele, ob wir wollen oder nicht. Und das Schlimmste«, ergänzte ich, bevor Papa mir den Wein wegnahm, »ist, dass wir danach nicht vergessen und vorbei sind, sondern dass es immer so weiter geht: knipsi knipsi knipsi.«

Ich schmatzte mit den Lippen.

»Wir wachsen nach jedem Foto nach, und unsere liebe Raubfisch-Mama ist immer wieder hungrig. Du hast schon Recht«, sagte ich zu Esther, »sie ist ein ziemliches Weib.«

»Versuch es mal mit Kaffeesatz«, antwortete Esther, als ich ihr vor der Haustür einen Gute-Nacht-Wunsch aus der Hand lesen wollte. Am nächsten Morgen verschlief ich und kam zu spät zur Arbeit, und deshalb reichte es beim morgendlichen Stationsfrühstück nur für ein Aspirin und eine halbe Zigarette.

»Störe ich?«

»Nee, komm ruhig rein.«

Frau Erdbeer lässt den Kopf auf das Kissen zurückfallen. Der Leutnant liegt schlaff auf ihrem Geschlechtsteil; wie sich herausstellt, ist er über Nacht befördert worden.

»Der Herr Jesus ist da«, sagt Frau Erdbeer, deutet zwischen ihre Beine und schmatzt.

»Ah ja. Das ist schön.«

»Aaaaaallerdings.«

Frau Erdbeer rollt mit den Augen und öffnet einige Male den Mund, als schnappte sie nach den richtigen Worten. Der Besuch unseres Heilands scheint ihr gut zu bekommen, denn als ich sie darum bitte, legt sie ihn ohne Widerrede beiseite, steht auf, stellt sich ans Waschbecken und lässt sich von mir sauber machen. Ich beeile mich, damit ich ihr eine frische Windel anziehen kann, bevor die gute Laune verfliegt.

»Wie meinen Sie das denn: allerdings?«, frage ich, während ich zum Schrank gehe und eine Pampers heraushole.

»Na ja.« Frau Erdbeer hält sich mit beiden Händen am Waschbeckenrand fest und beobachtet mich im Spiegel. Sie öffnet und schließt weiter ihren Mund. Schließlich sagt sie: »Er hat einen ganz schönen Prügel.«

»Machen Sie bitte mal die Beine auseinander. Einen Prügel?«

Ich schiebe die Windel von hinten zwischen Frau Erdbeers Beinen hindurch, falte das Vorderteil auseinander und ziehe es links und rechts um ihre Hüften. Weil ich dazu beide Hände brauche, muss ich das hintere Ende mit dem Oberschenkel gegen Frau Erdbeers Hintern pressen, damit es nicht verrutscht. Frau Erdbeer drückt dagegen und fängt an, mit den Hüften zu kreisen.

»Na, einen Schwanz, du Blödmann.«

»Hören Sie auf«, sage ich.

»Womit?«

Es gelingt mir, trotz Frau Erdbeers Hula-Hula-Bewegungen eine Seite der Windel notdürftig mit dem Klebeverschluss zu befestigen.

»Ach so.« Sie begreift. »Du willst das nicht hören vom Herrn Jesus und seinem Prügel. Bist eifersüchtig, was?«

Sie lässt das Waschbecken los und versucht, mir zwischen die Beine zu greifen. Ich gehe einen Schritt nach hinten und lasse die Windel los. Halb offen rutscht sie an Frau Erdbeers linkem Schenkel entlang auf den Boden. In diesem Moment fängt Frau Erdbeer an zu pinkeln.

Frau Erdbeer schaut auf den Boden und beobachtet in aller Ruhe den Teich, der sich langsam unter ihr ausbreitet. Dann geht sie schnaufend zurück zum Bett und setzt sich; ihre Füße bleiben als dunkle Abdrücke auf der Strecke zwischen Tümpel und Matratze. Ich ziehe ein Paar Einweghandschuhe an, hole einen Stapel Zellstofftücher aus dem Schrank und schmeiße sie auf die Lache. Frau Erdbeer schaut mir mitleidig dabei zu.

»Weißt du was?«, fragt sie schließlich. »Ich glaube, die Arbeit hier ist nichts für dich.«

»Ach nein?« Mit spitzen Fingern nehme ich die voll gesogenen Tücher und die Windel und versenke sie im blauen Eimer. »Das ist ja rührend, dass Sie sich so um mich kümmern.«

Ich nehme den Putzlappen, der am Knie unter dem Waschbecken hängt, drehe das Wasser auf und halte ihn darunter.

»Jaja, ich hab mir Gedanken über deine Zukunft gemacht.« Frau Erdbeer hört gar nicht mehr auf zu nicken. »Ich denke, anstatt hier ständig den Boden zu putzen, solltest du lieber was Vernünftiges machen. Du könntest zum Beispiel Dolmetscherin werden. Es gibt ja soooooo viele schöne Sprachen: Englisch … Französisch … Griechenland. Oder Bademeisterin. Oder Hebamme.«

»Ich bin ein Mann«, wende ich ein. Ich beginne zu schwitzen, meine Haare fallen mir ins Gesicht und bleiben dort kleben, ich lege den Kopf zur Seite und wische sie mir mit der hochgezogenen Schulter aus den Augen.

»Solange du dich nicht ausziehst, glaub ich dir kein Wort. Aber abgesehen davon: Männliche Hebammen sind schwer im Kommen.«

»Na toll.«

Eine ganze Wochenschicht lang jeden Morgen Frau Erdbeers Gequatsche und Avancen ertragen zu müssen, geht mir langsam auf die Nerven. Ich werde Markus fragen, ob wir nicht schon morgen die Stockwerke tauschen können. Lieber fünf eitrige Liegegeschwüre als wieder dieses Theater.

»Soll ich Ihnen was sagen?«, frage ich. »Vielen Dank für Ihre mütterlichen Ratschläge. Aber ich weiß schon, was ich mache. Ich will ein kleines Apartment im Elfenbeinturm und mit dem ganzen Scheiß hier nichts mehr zu tun haben. Ich möchte Schriftsteller werden. Am liebsten will ich den ganzen Tag allein vor dem Computer sitzen und Geschichten erfinden. In vier Monaten bin ich hier fertig, und dann werde ich keinen Putzlumpen und keine Windel mehr anrühren, sondern nur noch Tasten und Papier.«

»Ein Dichter!«

Frau Erdbeer ist beeindruckt. Sie will wissen, wo ich die Ideen für meine Texte hernehme. Dann erklärt sie mir, dass man nur über Sachen schreiben darf, die man selbst erlebt hat, über Dinge, die es wirklich gibt. »Die Realität«, sagt sie, »du musst immer über die Realität schreiben.« Als ich zwei

Stunden später wieder nach ihr schaue, ist sie damit beschäftigt, die Reste ihres Frühstücks an die Katzenfotos zu verfüttern.

»Was macht die Kunst?« Das ist Magdalenas Lieblingsfrage. Sie bedeutet, dass wir müde im Aufenthaltsraum sitzen und sie mangels eigener Gedanken die Stille nicht mehr aushält. Jeannines Lieblingsfrage lautet ähnlich, bezieht sich aber auf Sex, und wenn Jeannine sie stellt, schickt sie ihr ein heiseres Lachen hinterher, das nach wenigen Sekundenbruchteilen in einen Hustenanfall übergeht. Diesen nutze ich meistens dazu, ein anderes Thema anzuschneiden. Heute ist es anders. Heute habe ich wieder von Esther geträumt.

»Hör mir auf mit Sex«, sage ich. »Ich werde noch irgendwann wahnsinnig. Den ganzen Tag lang muss ich mir diese antiquarischen Geschlechtsteile angucken, stundenlang, beim Waschen, beim Windeln, beim Ausziehen, immer nur graue Haare und Runzeln. Ich hab inzwischen völlig vergessen, wie ein nacktes Mädchen aussieht. Geschweige denn, sich anfühlt.«

Das ist vorne und hinten gelogen. Ich kann mir sehr gut vorstellen, wie Esther nackt aussieht, und ich kann deswegen nicht vergessen haben, wie sich ein nacktes Mädchen anfühlt, weil ich es bisher noch nicht weiß.

Jeannine nickt, lacht und hustet. Magdalena versteckt sich hinter ihrer Zeitung. Markus unterbricht das Schlagzeugintro von *Honky Tonk Women*, das er zwischen dem dreckigen Frühstücksgeschirr auf einem freien Fleckchen Tisch geübt hat, und sagt: »Wir werden alle nicht schöner.« Dann erzählt er von Frau Friedrich.

Frau Friedrich wird immer weniger. Frau Friedrich mag nichts mehr essen und trinken, gestern hat sie ihre zwanzig Tropfen Schmerzmittel genommen und danach gesagt, jetzt habe sie keinen Durst mehr. Heute war sie nicht mehr ansprechbar. Morgen werde ich das zweite Stockwerk übernehmen, und da Frau Friedrich keine Kinder hat und ihr Mann seit Jahren tot ist, werden Markus, Jeannine und ich abwechselnd bei ihr Wache halten.

Vom Abendessen an diesem Tag gibt es nur ein einziges Bild. Man kann das nicht sehen, aber ich denke da gerade über den menschlichen Körper nach, darüber, was wo wann in ihn reingeht und was dabei herauskommt, und nach dem Essen schließe ich mich in meinem Zimmer ein und fülle meinen Magen mit Bier.

Als ich damit fertig bin, rufe ich Esther an. Ich erzähle ihr von Infusionen mit Natriumchloridlösung, von Ultraschall-Zerstäubern und lebensverlängernden Maßnahmen, vom geflügelten Wagen der Zeit, der schon mit heulendem Motor an der Ampel stehe und nur darauf warte, uns mit seinen breiten Reifen zu überrollen, davon, dass die Rotphase des Lebens nicht ewig dauere, dass ihre Farbe im Moment aber noch unerhört intensiv sei, wie zuckendes Fleisch oder die Tentakel einer Seeanemone, und dann erzähle ich ihr von ergrauenden Schamhaaren und von Falten und runzliger werdenden Gliedern, und dass wir doch lieber jetzt, solange wir noch jung seien, mit anderen Worten, ob ich nicht sofort zu ihr rüberkommen und mit ihr schlafen könne.

Als es schließlich passierte, war ich enttäuscht. Ich hatte mir das Ganze irgendwie dramatischer vorgestellt, hatte gedacht, man müsse etwas sehen können, ein Blitzen in den Augen vielleicht oder ein Aufreißen des Mundes. Aber als es dann soweit war, habe ich es nicht einmal gemerkt.

Sie lag mit halb geöffneten Lippen auf dem Rücken und atmete schnell. Ich hielt ihre Hand, drückte sie, und sie grub ihre Nägel in den Ballen unterhalb meines Daumens. Ich redete leise auf sie ein, ich weiß nicht was, was man in solchen Situationen wohl sagt, eigentlich nur, um zu zeigen, dass ich da war. Mein Arm wurde müde, ich löste meine rechte Hand behutsam aus ihrer Umklammerung und nahm ihre Hand in die linke.

Nach einer Weile wurden ihre Atemzüge langsamer, unregelmäßiger, schließlich verstummten sie ganz. Sie schnappte nur noch alle dreißig oder vierzig Sekunden kurz nach Luft, eine Ertrinkende, die mit letzter Kraft an die Wasseroberfläche stößt, um sofort wieder zu versinken. Irgendwann blieb sie unten.

Ich fühlte ihren Puls, ängstlich, gespannt, wie ein Schatzsucher, der eine Grabkammer betritt und erwartet, seine erste Mumie zu finden. Ich hoffte fast, ihr Herz hätte aufgehört zu schlagen, aber nein, da war es noch, ein dumpfes, kaum spürbares Klopfen, das leise Pochen der Seele, die aus dem Körper will. Dann sah ich ihre Augen, die sich an dem letzten bisschen Welt festzuklammern schienen, und ihre Brauen runzelten sich wie über einen dummen, aber verzeihlichen Streich.

Ich hielt weiter ihre Hand und fing an, ihr von Esther zu erzählen, von meiner Mutter, meinen beruflichen Plänen. Nach einer Weile klopfte es an der Tür und ich verstummte. Markus kam rein. Er ging an die andere Seite des Bettes, setzte sich hin und suchte Frau Friedrichs Puls. Dann kam er zu mir rüber, legte mir die Hand auf die Schulter und sagte: »Wir können sie jetzt allein lassen.«

»Zigarette danach?« Jeannine hält mir ihre Schachtel hin, aber ich lehne ab. Als meine Tasse leer ist, knalle ich sie kopfüber auf den Untersetzer, drehe sie wieder um, aber weil der Kaffee gut gefiltert ist, kann ich nichts entziffern. Nach einer halben Stunde gehen Markus und ich wieder zu Frau Friedrich, ich klopfe, drücke die Klinke herunter, das Licht ist noch an.

Wir ziehen sie aus, waschen sie, wechseln ihre Windeln.

»Morgen früh müssen wir das noch mal machen«, sagt Markus; der Verdauungsapparat braucht eine Weile, bis er merkt, dass es nichts mehr zu tun gibt. Wir legen Frau Friedrich auf eine Bahre neben dem Bett, dann ziehen wir Matratze, Decke und Kopfkissen ab und stopfen das Bettzeug zusammen mit dem Nachthemd in einen blauen Plastiksack, auf den wir mit Leukoplast ein Kreuz kleben.

Wir legen Frau Friedrich zurück auf die frisch bezogene Matratze und ziehen ihr ein Flügelhemd an. Da ihre Augenlider partout nicht geschlossen bleiben wollen, legen wir zwei feuchte Stofftaschentücher darauf, um sie bis zum Eintreten der Leichenstarre zu beschweren. Auch der Mund öffnet sich immer wieder; wir schlingen eine Mullbinde mehrere Male um Kopf und Unterkiefer, um ihn daran zu hindern. Nun sieht Frau Friedrich tatsächlich wie eine Mumie aus. Damit im Himmel keine Missverständnisse aufkommen, falten wir ihr die Hände über der Brust.

»Auch wenn sie am Schluss nicht mehr ansprechbar war, ist es gut, dass sie jemand begleitet hat«, sagt Markus leise. »Sie hat dich vielleicht nicht mehr sehen können, aber der Tast- und der Geruchssinn sind noch ziemlich lange intakt. Das ist schon komisch«, sagt er und sieht gar nicht mehr aus wie das Mitglied einer christlichen Rockband, »wenn wir geboren werden, tasten und riechen wir uns durch die Welt, und wenn wir dann im Sterben liegen, ist das wieder alles, was uns bleibt. Die ganzen Blicke und Bilder und Worte, die sind eher so ein Luxus, den wir uns in der Zeit dazwischen leisten.«

Das Letzte, was Frau Friedrich aus dieser Welt mitgenommen hat, denke ich, ist der Geruch von Zigaretten und dem Schweiß eines ungewaschenen Zivis. Dazu das Gebrabbel über meine Mutter, die mich allmählich in den Wahnsinn treibt, und über den Poetry Slam am kommenden Freitag, für den ich noch immer keinen Text geschrieben habe.

»Dein Hemd sieht aber schick aus. Wer hat dir das denn gekauft?«

Blöde Frage. »Na du.«

Ich muss aufs Klo, wie immer vor einem Auftritt, traue mich aber nicht zu gehen, weil jeden Augenblick mein Name aufgerufen werden könnte. Der *Master of Ceremonies* hat sich zu Beginn des Abends das hübscheste Mädchen aus dem Publikum ausgesucht. Ihre Aufgabe besteht darin, die Urne zu halten, aus welcher er die Zettel mit den Namen der Vorlesenden zieht. Seine Hand kreist über dem Gefäß wie ein Raubvogel über dem Mauseloch. Sie stößt herab, und während der *MC* in den Zettelchen wühlt, fixiert er seine Assistentin wie der König der Lüfte persönlich. Als diese dann mit piepsiger Stimme meinen Namen vorliest, denke ich, heute passt alles zusammen.

Ich drängele zum Bühnenrand und schwinge mich hoch. »Der Tagedieb«, ruft ein Mädchen in der ersten Reihe, die sich an mich zu erinnern scheint, aber dann sieht sie das *Christian Death*-T-Shirt, das mir meine Mutter vorige Woche gekauft hat. Ich löse die Halterung des Mikrofonständers und stelle das Mikro auf meine Kopfhöhe ein.

»Achtzehn, zwanzig, weg«, teste ich die Lautstärke. Ich stelle mich breitbeinig hin. »Was jetzt kommt, ist nichts für sensible Gemüter«, warne ich. »Sind hier irgendwelche Minderjährigen anwesend? Die sollten lieber nach Hause zu Mama.«

»Geh doch selber heim zu Mama!«, ruft jemand von unten.

»Das habe ich gar nicht nötig«, schnauze ich zurück. Ich starre den Rufer böse an, dann schweift mein Blick ins Halbdunkel hinter ihm, auf die Stelle neben dem Tresen. »Dieses Gedicht ist für dich«, sage ich.

Der Text, den ich dann vortrage, handelt von Fotoapparaten, die samt Stativ und 180er Tele in die unteren Gemächer einer Frau eingeführt werden. Davon, was dort mit ihnen passiert, von den beschissenen Bildern, die sie machen, ich sage wirklich »beschissen«, aber entweder kapiert niemand die Pointe oder sie ist nicht witzig, schließlich von den schrecklichen Schäden, die optisches Gerät im Zeugungstrakt anzurichten vermag, von Eiterherden, inneren Blutungen, Schmerzen im Sitzen, Stehen und Liegen. Gegen Ende werde ich zunehmend infantil und fange an zu reimen.

»Du Heilige, Mutter, Jungfrau, Hetäre«, trällere ich,
»weißt du, was mir das Liebste wäre?
Das finstere Loch,
aus dem ich einst kroch,
blühte auf wie eine von Schwester Ceauşescu behandelte Schwäre.«

Das »Dankeschön«, das ich dem Text hinterherschicke, verhallt einsam in den dunklen Winkeln des Raums. Keiner klatscht, mit Ausnahme einer älteren Dame.

Die Mitglieder der Jury besinnen sich endlich auf ihre Pflicht und heben zögernd die Täfelchen: zwei Punkte, ein Punkt, ein Punkt, drei Punkte, zwei Punkte, die letzte Jurorin vergibt zunächst gar keine Wertung, als sie vom *Master of Ceremonies* dazu ermahnt wird, formt sie mit Daumen und Zeigefingern beider Hände eine Doppelnull. Es ist Esther.

Ich verbeuge mich und gehe nach vorn, von der Bühne. Ich blicke in ein aufbrandendes Meer von schwarzen Mäulern, aus denen Buh-Rufe kommen, und in das Auge eines Teleobjektivs. Eine Handbreit darüber sitzt ein winziges Birnchen, das blitzt.

Schwanengesang

Das köstliche Aroma sonnengereifter Früchte sowie die lange Erfahrung hoher Destillierkunst geben dem alkoholischen Erzeugnis, das vor uns auf dem Tisch steht, seine besondere Note. So will es zumindest die Garantieerklärung auf dem Etikett. Ob diese Garantie einklagbar sei, wage sie aber zu bezweifeln, sagt Thea und schenkt sich nach. Schließlich müsse dazu geklärt werden, was eine besondere Note sei, das könne auch ein schimmeliger Nachgeschmack oder das Aroma von Schwefelsäure sein. Wobei, letztendlich entscheidend sei natürlich, was ein billig und gerecht denkender Bürger unter Berücksichtigung der Verkehrssitte bei Kirschwasser als Geschmacksnote erwarten dürfe, und wenn sie es recht überlege, sei das wohl doch das Aroma sonnengereifter Früchte, idealerweise von Kirschen.

Thea kennt sich in solchen Fragen aus, schließlich ist sie Juristin. Ohne juristische Spitzfindigkeiten hätte sie wohl auch kaum die Wette gegen mich gewonnen, die sie in den Besitz dieser Flasche gebracht hat. Es ging um die Frage, ob Schwäne eigentlich singen.

»Tun sie nicht«, sagte Thea.

»Tun sie wohl«, sagte ich. »Spätestens, wenn sie im Sterben liegen. Nicht umsonst spricht man vom Schwanengesang.« Ich streckte ihr die Hand entgegen und verwettete meine Seele.

»Die kannst du behalten«, sagte Thea und wir einigten uns auf eine Flasche Original Kranz. »Jetzt musst du nur noch substanziierte Tatsachen darlegen, die geeignet sind zu beweisen, dass Schwäne, wenn sie im Sterben liegen, singen.«

»Kein Problem«, sagte ich. In diesem Moment hatte ich bereits so gut wie verloren.

Nicht etwa, weil ich im Irrtum war. Sondern weil Thea mir den schwarzen Peter zugeschoben hatte, oder, wie sie es ausdrückte: die Darlegungs-, Substanziierungs- und Beweislast. Vermutlich ist es nämlich ebenso schwierig zu beweisen, dass Schwäne, wenn sie im Sterben liegen, singen, wie zu beweisen, dass sie das *nicht* tun. Die zoologische Fachliteratur, die ich konsultierte, schwieg sich zu dieser Frage aus, wahrscheinlich in der Annahme, dass man offenkundige Tatsachen als bekannt voraussetzen darf. »Im Weltatlas steht ja auch nicht, dass die Erde rund ist«, sagte ich. Solche sachfremden Analogieschlüsse ließ Thea als Argument nicht gelten.

Als die Naturwissenschaften nicht weiterhalfen, suchte ich Trost in der Philosophie. »Hier«, sagte ich triumphierend und hielt einen Platon-Band in die Höhe. »Der alte Sokrates hat's gewusst: ›Die Schwäne, auch sonst schon dem Gesange nicht abhold, singen am meisten und kräftigsten, wenn sie das Nahen des Todes spüren.‹ Und zwar nicht aus Trauer, sondern vor Freude. Denn wenn sie sterben, fliegen ihre Seelen zu Apoll.«

»Kompletter Schwachsinn«, sagte Thea. »Das substanziiert deine These vielleicht, beweisen tut es noch gar nichts.«

»Liebling, du redest von den Grundlagen unserer abendländischen Kultur.«

»Ist mir egal. Und nenn mich nie wieder Liebling.«

Auch das massenhafte Auftreten singender Schwäne in der Literatur- und Musikgeschichte konnte Thea nicht von der Richtigkeit meines Standpunkts überzeugen. »Shakespeare? Lord Byron? Schubert? Die hatten alle keine Ahnung.«

»Dir fehlt nicht nur der angemessene Respekt vor unserer Kultur, du bist auch unglaublich destruktiv«, beschwerte ich mich. »Du widersprichst mir ständig, aber selber lieferst du keine Argumente. Warum muss *ich* eigentlich beweisen, dass Schwäne singen – und nicht du das Gegenteil?«

»Weil deine These Blödsinn ist. Wer eine blödsinnige Behauptung aufstellt, hat grundsätzlich die Bringschuld.«

»Wer entscheidet denn, dass meine These Blödsinn ist?«

»Die Mehrheit der billig und gerecht denkenden Bürger unter Berücksichtigung der Verkehrssitte.«

»Und wer entscheidet, was billig und gerecht denkende Bürger unter Berücksichtigung der Verkehrssitte denken?«

»Das können nur billig und gerecht denkende Bürger entscheiden«, antwortete Thea fröhlich. »Und im Zweifelsfall – wir Juristen.«

In diesem Moment begriff ich, dass Sokrates, Shakespeare und ich gegen Theas Sophistereien keine Chance hatten. Ich zerriss das Byron-Gedicht, das ich hatte vorlesen wollen, in kleine Teilchen. Ich ging zum städtischen Anlagensee und verfütterte die Schnipsel an die Schwäne. Dann fuhr ich zum Spirituosenhändler. Thea bewertete das als Eingeständnis meiner Niederlage, aber in Wirklichkeit brauchte ich dringend etwas zu trinken.

Inzwischen ist die Kirschwasserflasche fast leer. Thea steht auf und wankt zur Toilette. Seit unserer Wette nenne ich sie nicht mehr »Liebling«, sondern nur noch »Teufelin«, »Böser Schwan« oder »Totengräberin der abendländischen Kultur«. Ich schenke mir noch mal nach, und einen Moment lang kommt es mir vor, als habe das Kirschwasser einen seltsamen Nachgeschmack. Thea wird wahrscheinlich anderer Meinung sein, aber ich könnte wetten, es schmeckt nach Schwefelsäure.

Frischfleisch

In der Nacht davor hast du einen Traum. Ihr seid mit der Eisenbahn unterwegs, irgendwo auf der kastilischen Hochebene. Das Abteil, in dem ihr sitzt, ist eng, die Bänke sind aus dunklem Holz, so als stammte der Zug noch aus der Zeit vor dem Bürgerkrieg. Jedenfalls ist er sehr viel älter als der Zug der *Renfe*, mit dem ihr gestern nach Madrid gekommen seid, und während der ganzen Fahrt hat Rhabarber wahllos Übungssätze aus einem Sprachlehrbuch vorgelesen, das er vor eurer Abreise auf dem Grabbeltisch eines Supermarkts gefunden hat:

»¿Tiene algún problema?«
»Creo que estoy embarazada.«
»Entonces, vaya usted al ginecólogo.«

Es ist heiß in deinem Traum, der Stoff deines T-Shirts klebt mal an deiner Haut, mal an der Rückenlehne des Sitzes fest, und du hast das unbestimmte Gefühl, dass du allmählich zu einem Teil dieser Sitzbank wirst oder die Bank zu einem Teil von dir, dass ihr langsam miteinander verschmelzt, jedenfalls denkst du: Hier komme ich nie wieder weg.

Ein Quietschen von Bremsen, der Geruch von Öl und erhitztem Metall, der Zug hält auf offener Strecke. Die Abteiltür öffnet sich, sie führt direkt ins Freie, und ein Schwall heißer Luft ergießt sich ins Wageninnere. Du willst aufstehen, die Tür wieder schließen, aber du kannst dich nicht von deinem Platz erheben. In diesem Moment siehst du die Schlange.

Es ist eine Anakonda, das weißt du sofort, obwohl du noch nie eine gesehen hast; vielleicht gefällt dir das Wort einfach so gut. Sie gleitet durch die offene Tür ins Abteil, kriecht an einer Stange empor bis zum Gepäckbord, das sich an allen vier Wänden entlangzieht, ein Pfiff ertönt, die Tür schließt sich wieder, und die Anakonda beginnt, im Uhrzeigersinn an der Gepäckablage entlangzukriechen. Bald erstreckt sich ihr Körper über alle vier Winkel des Raumes, sie bewegt sich sehr schnell, sodass du nicht erkennen kannst, wo sie anfängt und wo sie aufhört, wo ihr Schwanz ist und wo der Kopf, du weißt nur, dass sie darauf aus ist, jemanden zu fressen.

Ein älterer Herr, den du bisher noch nicht bemerkt hattest, lächelt dir beruhigend zu. Er trägt einen Anzug aus schmutzigweißem Leinen, einen grauen Vollbart und einen Tropenhelm, mit anderen Worten: Er sieht aus wie jemand, der sich mit menschenfressenden Riesenschlangen auskennen könnte. Er greift behutsam in seine Reisetasche, die neben ihm auf dem Boden steht. Er holt ein Buch heraus, einen dicken, in schwarzes Leder gebundenen Wälzer mit Goldschnitt und einem Kreuz auf der Vorderseite. Er packt es mit beiden Händen, steht auf und geht langsam auf die Gepäckablage zu. Er betrachtet die Schlange. Dann hebt er blitzartig das Buch in die Höhe und schlägt mit einer schnellen Bewegung zu. Du hörst das Bersten von Knochen; der Körper der Schlange fällt schwer auf den Abteilboden.

Der Fremde klemmt sich die Bibel unter den Arm und zieht ein Taschentuch aus der Manschette seines Hemdes hervor. Er trocknet sich die Stirn und lüftet seinen Tropenhelm. Du willst dich bei ihm bedanken, ihm sagen, dass er euch gerettet hat; da siehst du seine Hörner, zwei kleine schwarze Stummel, die zwischen den schlohweißen Haaren hervorragen.

»Was für ein kranker Traum«, sagt Rhabarber, als du ihm am nächsten Morgen davon erzählst. »*¿Tiene algún problema?*«

»Ich weiß nicht, ob Problem das richtige Wort ist. Aber wenn, dann hast du auch eins.«

»Lass mich raten: Du hast die Sündhaftigkeit unserer Verbindung erkannt und überlegst dir nun, ins Kloster einzutreten.«

»Die Antwort ist leider falsch. Du hast noch zwei Versuche.«

»Noch zwei Versuchungen?« Rhabarber hebt die Augen zur Zimmerdecke. »Herr, gib mir die Kraft zu widerstehen.« Dann beginnt er, deinen Traum tiefenpsychologisch zu deuten, und du ärgerst dich, dass du ihm überhaupt davon erzählt hast, weil Rhabarber nichts Besseres einfällt als die Standardinterpretation, die ihm bei allem, was länger ist als breit, in den Sinn zu kommen scheint. »Du willst es also auch?«, ruft er. »Oooh, ich werde schwach, ich kann nicht mehr, ich erliege«, und er zieht dich vom Waschbecken weg und aufs Hotelbett.

»Lass uns lieber frühstücken gehen.«

»Probier mal von diesem rotwangigen Apfel«, er hält dir seine sonnenverbrannte rechte Backe hin, »du wirst erkennen: Wir sind beide nackt.«

»Du vielleicht«, wendest du ein. »Ich bin fertig angezogen.« Und als Rhabarber weiterhin versucht, dich, wie er es nennt, in den Urzustand zurückzuversetzen, schimpfst du ihn eine Strafe Gottes, weshalb ihm dann doch noch eine andere Interpretation einfällt. Er habe gestern, als du schon schliefst, ein Erweckungserlebnis gehabt, gesteht er, öffnet die Schublade des Nachtkästchens und zieht ein abgegriffenes Taschenbuch heraus.

»Sogar die Gideons haben mitbekommen, dass hier nur Deutsche absteigen«, sagt er und beginnt in der Hotelbibel zu blättern. Nach ein paar Seiten hält er inne, sagt: »Apropos Strafe«, und deklamiert mit drohender Stimme: »Und zum Weibe sprach er: Ich will dir viel Schmerzen schaffen, wenn du schwanger wirst; du sollst mit Schmerzen Kinder gebären; und dein Verlangen soll nach deinem Manne sein, und er soll dein Herr sein.«

Diesen letzten Halbsatz wiederholt er ein paarmal, während er das Buch beiseite legt und sich wieder am obersten Knopf deiner Hose zu schaffen macht: »Ich bin dein Herr, verstehst du? Du musst mir gehorchen«, und er gibt sich redlich Mühe, das ironisch klingen zu lassen; aber als du ihn darauf hinweist, dass er die Aussage des Zitats grob sinnentstellend aus dem Zusammenhang reiße, weil er nämlich, wenn überhaupt, erst dann dein Herr sei, nachdem du ihm mit Schmerzen Kinder geboren habest, ist er ernsthaft beleidigt und sagt nur: *»Entonces, vaya usted al ginecólogo.«*

Weil das jedoch nur ein Übungssatz aus einem drittklassigen Spanischlehrbuch ist, geht ihr doch lieber frühstücken, Tostadas und Anchovis und gebackene Paprika, wie jeden Morgen trinkt er dazu Rotwein, und wie immer beschwert er sich, dass du nur Tee trinkst, du habest ihn schon seit Tagen im Stich gelassen und damit auf unverantwortliche Weise Geschlechterklischees bedient: Mann trinkt, Frau ist abstinent, da dürften die Frauen sich natürlich nicht wundern.

Und weil ihr schon beim Verfestigen von Stereotypen seid, klappert ihr nach dem Frühstück gleich noch das Standardprogramm ab: die Plaza Mayor, die Puerta del Sol, die kleine Plakette am südlichen Ende des Platzes, von der aus die Entfernungsangaben aller spanischen Straßen zur Hauptstadt gemessen werden, und zu allen Sehenswürdigkeiten sagt er: »*Me alegro mucho de veros*: Ich freue mich sehr, Sie zu treffen.«

»Willst du uns nicht bekannt machen?«

»*El centro de España.*« Er zeigt auf die Plakette mit dem Nullpunkt, dann legt er den Arm um dich, deutet auf die Umgebung deines Bauchnabels und sagt: »*El centro del mundo.*« Und weil das so wunderbar zu eurem Klischeetag passt, und weil solche Komplimente zwar nicht deinen Mittelpunkt, aber doch eine empfängliche Stelle bei dir berühren, schlendert ihr Arm in Arm weiter, die Carrera de San Jerónimo hinunter, am Plaza de Neptuno vorbei, und trefft so auf das Museo del Prado.

Im Prado interessieren Rhabarber nur Werke, die seiner Meinung nach im Suff oder unter Drogeneinfluss entstanden sein müssen, vor allem die von Hieronymus Bosch. »Der hatte auch so eine kranke Fantasie wie du«, begründet er seine Wahl und verbringt eine halbe Stunde vor dem *Garten der Lüste* auf der Suche nach einer Anakonda, entdeckt aber nur eine Herde Einhörner, ein Schnabeltier auf Schlittschuhen und ein Wildschwein, das Tollkirschen kackt.

Ihr geht weiter, an der nackten und der bekleideten Maja vorbei, zur Spanischen Infantin von Velázquez, zu Goyas frühen Gemälden, ausladenden, lebensfrohen Panoramen, auf denen glückliches Landvolk durch arkadische Landschaften tobt, dann, im zweiten Stock, zu den späteren Werken, den Wandmalereien, mit denen Goya sein Altersdomizil ausgestaltet hat: dieselbe Landschaft, die gleichen Hügel, nur ist der Himmel jetzt dunkel und wolkenverhangen, die Felder sind verwüstet von den Napoleonischen Kriegen und die Menschen von Trunksucht und Niedertracht gezeichnete Idioten.

Und dann, in einer Ecke des Raumes, siehst du Ihn: einen Dämon. Den Teufel. Den Gott, der zu diesen Menschen zu passen scheint. *Saturno Devorando a Su Hijo* steht auf dem

Schildchen neben dem Bild: Saturn, der einen seiner Söhne verschlingt.

Das Erste, was dir auffällt, sind die makellos weißen Schultern des Knaben, sie sind der hellste und unschuldigste Fleck auf diesem Gemälde. Doch aus dem Hals darüber sprudelt schon das Blut, rote Farbtupfer auf einer ansonsten in erdigen Tönen gehaltenen Leinwand. Der Vater hat seinem Sohn den Kopf abgebissen, das Blut ergießt sich über die Hände, mit denen er den winzigen Torso umklammert hält, seine Finger graben sich links und rechts der Wirbelsäule in die Rückenmuskulatur, als wollten sie sichergehen, dass ihnen ihr Opfer nicht entkommt. Das Haar fällt wirr über Saturns behaarte Schultern, sein Mund ist aufgerissen, er ist ein ungeschlachtes Monster, ein Mörder, doch in seinem Blick ist nichts als nackte Angst. Beinahe könntest du Mitleid mit ihm bekommen, er schaut dir direkt in die Augen, seine linke Braue zieht sich entschuldigend nach oben, als wäre ihm diese Szene fast peinlich, als wäre alles nur ein großes Missverständnis, als wäre er nicht ein Gott, sondern nur ein verwirrter Greis, den man beim Naschen in der Speisekammer erwischt hat.

»Mahlzeit«, hörst du Rhabarbers Stimme neben dir. »Jeden Bissen zwanzigmal kauen.«

»Ist das alles, was dir dazu einfällt?«

»Ich will wieder zurück zu der nackigen Maja. Mit Frauen kenn ich mich aus, da weiß ich wenigstens, worum es geht.«

»Ach ja?«

»Was soll dieser Splatterschund hier überhaupt darstellen?«

»Darf ich vorstellen? Saturn. Soweit ich mich erinnere, hat er seinem Vater, dem Obergott Uranus, die Hoden abgeschnitten, um an dessen Stelle zu herrschen. Klar, ein Gott ohne Eier hat in einer Männergesellschaft wie dem Olymp nichts zu sagen. Aber als Saturn schließlich selbst Herrscher der Welt war, bekam er es mit der Angst zu tun:

Er fürchtete nämlich, dass ihm das gleiche Schicksal drohen könnte wie seinem Vater. Und um das zu vermeiden, fraß er alle seine Kinder nach der Geburt auf.«

»*Querida*«, Rhabarber schüttelt den Kopf und ergreift deine Hand: »Was liest du nur immer für abartiges Zeug? Dann darfst du dich natürlich nicht wundern, wenn du nachts Albträume hast.«

»Liebling«, du ziehst deine Hand aus seiner Umklammerung und legst sie ihm um die Hüften, »das ist kein abartiges Zeug, sondern meine profunde humanistische Bildung. Und was den Traum von heute Nacht angeht: Darüber hab ich noch mal nachgedacht. Ich glaube nicht, dass ich den hatte, weil ich Schundliteratur wie Hesiod oder die Bibel gelesen habe. Sondern weil meine innere Stimme mir etwas sagen will.«

Rhabarber betrachtet interessiert das Goya-Gemälde. »Und«, fragt er, »was erzählt deine innere Stimme dir so, wenn die Nacht lang ist?«

Du holst tief Luft. »Ich glaube, du lagst mit deiner letzten Interpretation vielleicht doch nicht ganz falsch.«

»Hilf mir auf die Sprünge.«

»Denken Sie mal scharf nach, mein Herr.«

»Hm.« Rhabarber studiert die blutige Masse, die aus Saturns schwarzer Mundhöhle ragt, die abgekaute Hand des Sohnes, die Überreste seines linken Arms. »Ich komm nicht drauf.«

»Nur mal hypothetisch gesprochen: Wenn du Vater wärst, würdest du deine Kinder doch besser behandeln als dieses alte Scheusal, oder?«

Rhabarber betrachtet weiterhin den Mund des Gottes, geht näher heran, beugt sich vor, so als wollte er darin verschwinden. »Weißt du«, sagt er schließlich, »als du das eben erzählt hast, hab ich zuerst gedacht, das sei nur erfunden. Oder wenigstens schon lange Zeit vorbei. Dabei gibt es das immer noch.«

»Was? Eltern? Kinder? Scheusale?«

»Väter, die ihre Söhne essen. In gewissem Sinne zumindest. In der Regel werden die brüllenden Blagen zwar nicht mehr am Stück verspeist. Aber viele Leute, Menschen wie du und ich, die essen das, was hinterher rauskommt. Wie sagt man, du weißt schon, dieses Organ, wo die Nabelschnur dranhängt.«

»Plazenta«, sagst du, aber irgendwie klingt das Wort fremd in deinem Mund, als käme es nicht von dir, sondern entstammte dem Übungsdialog aus einem billigen Wörterbuch.

»La placenta«, bestätigt er, »genau. Ich hab da neulich einen alten Zeitungsartikel gefunden, in dem ging es um verschiedene Rituale, darum, was Väter nach der Geburt mit diesem Ding alles anstellen. In Afrika, glaube ich, legen sie es in ein Einmachglas, stellen es zu Hause ins Küchenregal und verehren es als ›toten Zwilling‹. Kann man machen, solange man noch weiß, welches das Glas mit den eingelegten Aprikosenhälften ist. Aber dann gibt es Leute, hier bei uns in Europa, die das gute Stück tatsächlich essen. In England zum Beispiel, da hat ein Vater zur Feier der Geburt seines Sohnes die Plazenta mit Olivenöl und Knoblauch angebraten, im Mixer püriert und dann der Verwandtschaft auf Focaccia-Brot serviert. Schmeckt wie Leber, stand in dem Artikel. In dem Infokasten daneben war sogar das Rezept abgedruckt. Außerdem noch Vorschläge für andere Köstlichkeiten: Plazenta-Pizza. Lasagne à la Nachgeburt. Futtern wie bei Muttern … *Eh, guapa«*, ruft Rhabarber dir hinterher, »was ist los?«

Du rennst an Goyas Hexensabbat vorbei, vorbei an Judith und Holofernes, durch die Tür mit der Aufschrift *Señoras*, und während du dich ins Waschbecken übergibst, hörst du Rhabarbers Stimme durch die geschlossene Tür. Dass es ihm leid tue. Dass er das nicht gewollt habe. Er habe ja nicht ahnen können, dass du so einen empfindlichen Magen hast, wo du doch sonst so hart im Nehmen seist, schließlich habest du angefangen mit der ganzen Kannibalismusgeschichte, schon morgens mit der Schlange und dann mit den Göttern und überhaupt.

So redet er weiter und weiter und weiter, und eine halbe Stunde später im Hotel, während du deine Sachen packst, redet er immer noch. Dass das ja wohl nicht dein Ernst sein könne. Was eigentlich dein Problem sei? Ob du gerade deine Tage habest, oder warum sonst du dich so komisch aufführen würdest?

Als du mit dem Koffer in der Hand das Zimmer verlässt, hört er noch immer nicht auf zu reden, läuft dir hinterher und nennt dich Liebling und Schöne und Mittelpunkt seines Lebens, zum ersten Mal seit langem macht er dir Komplimente, die nicht nur nach Vokabeln klingen, aber du antwortest ihm nicht, und als ihr die Halle des Bahnhofs Chamartín betretet, hörst du ihm auch nicht mehr zu. Und als du schließlich hinter der geschlossenen Abteiltür stehst und der Pfiff zur Abfahrt ertönt, hörst du ihn gar nicht mehr, siehst nur noch seine Lippen, seine Zähne, den Mund, der irgendwelche Worte formt; der Zug fährt an, Rhabarber fasst in seine Tasche, holt weit aus und das Wörterbuch fliegt mit einem dumpfen Schlag gegen die Scheibe.

Bock-Ramsch

Natürlich sei Anja zum Reinbeißen, sagt Axel. Aber ihre Stirn mit voller Wucht zwischen die Zähne geknallt zu bekommen, das habe er nicht besonders lecker gefunden, eine richtige Dentalabtreibung sei das gewesen – er stülpt behutsam seine Lippen nach oben und unten, um uns zu zeigen, was nicht mehr zu sehen ist – die Zwei-eins, die Zwei-zwei und die Vier-zwei seien dabei draufgegangen, sagt er, drei auf einen Streich, zum Glück sei er gut versichert, und nicht nur wegen der Zähne.

Denn mit dem Schlag ins Gebiss sei es ja noch nicht getan gewesen. Mit einem Mal sei Muriel aus dem Hinterhalt gekommen, habe ihn gepackt, ihm den Arm auf den Rücken gedreht und dabei fast seine Schulter ausgekugelt. Dann habe sie ihn zu Boden geworfen, und als er hilflos auf dem Rücken lag, habe Anja ihm seine gesamten Ersparnisse aus der Hand gerissen und in die blutende Fresse gestopft, also dass eine schwangere Frau so grausam und niederträchtig sein könne, das habe er nicht gedacht, zudem die Leihmutter seines Kindes.

»Zum Trost kriegst du fünfzig Ave-Marias«, sage ich. »In kleinen Scheinen.«

Pepe fragt: »Willst du nicht trotzdem, wie in der guten alten Zeit, endlich mal was sagen?«

Axel versucht es, Pepe sagt »weg«, und als ich auch nicht mehr zu bieten habe, murmelt Axel etwas von Maurermeistern und Großmutterblättern, und dass sich die ganze Welt gegen ihn verschworen habe. Vor ein paar Monaten hatte das noch ganz anders geklungen.

Damals, in der guten alten Zeit, als Axel noch alle Zähne im Mund hatte und die Schulter am rechten Fleck, wollte er zwar auch nicht immer was sagen, aber zumindest beim Skatspielen klappte es meistens ganz ordentlich. Nur als die Geschichte mit Anja und Muriel losging, hatte Axel wirklich Pech mit den Karten.

In den ersten drei Runden kam er nur ein einziges Mal ans Spiel, ein Herz ohne zwei, Axel schlug sich wacker, verlor dann aber mit sechzig Punkten, und so ein gespaltener Arsch tut natürlich weh, umso mehr, als ich Contra gesagt hatte. Später bei der ersten Ramsch-Runde hieß es für Axel dann endgültig Hallo Hades, das war kein Tief mehr, das war eine Reise zum Mittelpunkt der Erde, ausgerechnet als er vorne saß, lagen die zwei Alten im Skat, was er natürlich nicht ahnen konnte, aber er hätte trotzdem keinen Durchmarsch versuchen dürfen, dann hätte er auch keine geschobene Jungfrau kassiert, vierhundertsechsunddreißig Miese auf einen Streich.

»Schreckliche Hitze da unten, oder?«, fragte Pepe. »Das kommt vom Magma.«

»Ach«, sagte Axel leichthin, »du weißt ja, was man von Leuten sagt, die Pech im Spiel haben.«

»Grütze in der Rübe?«

»Sehr komisch.« Axel lächelte weiter vor sich hin, und dieses siegessichere Grinsen in Kombination mit der Tatsache, dass er sonst bei diesem Punktestand schon längst popocatepetlmäßig explodiert wäre, war ein ziemlich sicheres Indiz dafür, dass er tatsächlich etwas am Laufen hatte.

»Sag nicht, du hast dich verliebt«, sagte Pepe, aber das hätte er nicht tun sollen. Denn Axel sagte daraufhin nicht nur nicht, dass er sich verliebt habe, sondern rein gar nichts mehr, mischte stattdessen unerträglich gründlich die Karten, dazu noch im Las-Vegas-Stil, er teilte sie in zwei Stapel, legte diese im 90-Grad-Winkel nebeneinander, bog die gegenüberliegenden Ecken mit den Daumen nach oben und ließ sie wie einen Reißverschluss ineinander sausen, ein Sakrileg, das wir normalerweise mit einer Runde Herrengedeck geahndet hätten, aber Pepe und ich drückten ein Auge zu, weil wir ja wissen wollten, ob Axel nun wirklich, und wenn ja, in wen, und was eigentlich genau mit ihm los war.

Endlich, als Axel die Karten schon fast zu Pappmaché vermischt hatte, sagte er: »Es ist nur so was Körperliches.«

»Und wie heißt die Unglückliche?«

Aber Axel war schon auf das Geben der Karten konzentriert, drei, drei, drei, Skat, vier, vier, vier und wieder dreimal die drei, da musste Pepe sich schon zu ihm über den Tisch beugen und verständnisvoll die Hand auf seinen Unterarm legen.

»Nicht, dass es uns als deine besten Freunde was angeht. Aber wenn du nicht sofort sagst, um welche Dame es sich handelt, schlag ich dir die Fresse ein.«

Axel war endlich mit dem Geben fertig und nahm jetzt jede Karte einzeln auf. Er musterte sie eingehend, als müsste er überlegen, was diese Zeichen in der Ecke bloß bedeuten, Kreuz oder Pik oder Karo, und ob ein Ass mehr wert ist als eine Sieben. »Damen«, sagte er schließlich, mit der Betonung auf der zweiten Silbe und einem langen, schnurrenden *n*, wie ein Kind, das einen Sportwagen imitiert.

Pepe schluckte hart. »Wie viele?«

»Geben, Hören, Sagen«, antwortete Axel. »Du sitzt vorne.«

Dass er danach zum ersten Mal an diesem Abend ein Spiel gewann, hätte Axel eigentlich stutzig machen müssen, er war es ja, der mit diesem Glück-in-der-Liebe-Gerede angefangen hatte. Aber er lächelte nur weiter vor sich hin, und weil er schon immer ein Faible für symbolische Handlungen hatte, wartete er mit dem Karten-auf-den-Tisch-legen bis zum ersten Null ouvert, dann zeigte er uns, was er hatte: Karo-Sieben, Karo-Neun, Karo-Bube, Herz-Sieben, Herz-Acht und so weiter, eine nach der anderen, bis alle zehn Karten offen vor ihm lagen. »Nur zwei«, sagte er.

»Und?«, fragte Pepe. »Waren die nicht irre teuer?«

Axel schüttelte seufzend den Kopf. »Meint ihr wirklich, ich hätte es nötig, für so was zu bezahlen?«

»Hunderttausendmillionenmilliarden«, sagten Pepe und ich wie aus einem Mund. »Mindestens.«

»Ihr habt natürlich Recht«, Axel kam mit der Kreuz acht raus, »eine Art Bezahlung ist schon im Spiel.« Aber nicht so, wie wir denken würden. Nicht er werde bezahlen müssen, sagte Axel, sondern die beiden Damen, wobei Bezahlung das falsche Wort sei, es gehe um Naturalien: ein, zwei Gläschen Champagner, um sich locker zu machen, ein gutes Abendessen, natürlich nicht zu schwer, denn ein voller Bauch kopuliere nicht gern, ein edler Wein sowie die obligatorische Havanna danach, das sei eigentlich schon alles, er sei ja ein bescheidener Mensch, der anderen gern eine Freude bereite. Da würde er schon mal den Herrgott einen guten Mann sein lassen und mit zwei atemberaubenden Frauen gleichzeitig ins Bett steigen.

»Und wer sind die beiden Damen?«, fragte Pepe scharf; so wie er das *n* summen ließ und mit dem rechten Fuß auf- und abwippte, war klar, dass er langsam ungeduldig wurde.

»Das kann ich euch leider nicht sagen.«

Axel wusste nicht, dass er einen riesengroßen Fehler gemacht hatte, denn Pepe hatte die Kreuz-Sieben und ich war in der Farbe blank, aber der Null ouvert war uns jetzt egal, Pepe schmiss seine Karten auf den Tisch, sprang auf, packte Axels Unterarme und verdrehte sie hinter der Rückenlehne seines Stuhls. Ich kramte derweil eine Fünf-Cent-Münze aus meiner Hosentasche und hielt sie Axel unter die Nase.

»Hilft das hier deinem Gedächtnis vielleicht auf die Sprünge? Komm schon, alles, was wir von dir wissen wollen, sind zwei lächerliche Namen. Und ob die beiden auch sonst für Eskapaden zu haben sind, oder wenigstens jüngere Schwestern haben.«

Nein, sagte Axel. Keine jüngeren Schwestern, keine weiteren Eskapaden, und mit Männern normalerweise schon gar nicht. Nur für ihn würden sie eine Ausnahme machen.

»Und sie heißen?«, schnurrte Pepe und drehte Axels Arme so lange weiter nach oben, bis dieser endlich die Mütter beim Namen nannte.

Aber das machte Pepes Laune auch nicht besser. Denn wie Axel es geschafft hatte, zwei solche Spitzenerzeugnisse der Schöpfung zu ergattern, zwei Schönheiten, bei denen keiner von uns je einen Stich gemacht hatte, das war wirklich ein komplettes Rätsel. Pepe ließ Axels Handgelenke los, setzte sich wortlos an seinen Platz zurück und knallte die Kreuz sieben auf den Tisch; und wenn Axel uns nicht alles hätte erklären können und in den nächsten drei Runden nicht wieder sämtliche Spiele verloren hätte, hätte Pepe ihn wahrscheinlich so zugerichtet, wie die beiden Schönen es bald tun sollten.

»Segnet mich, ich habe gesündigt«, fing Axel an, und dann begann er zu erzählen, als ob es kein Morgen gäbe, wahrscheinlich hatte er insgeheim schon den ganzen Abend auf diesen Moment gewartet, denn seine Geschichte ging mit ihm durch wie eine Dänische Dogge, die ein läufiges Weibchen wittert.

Es habe damit angefangen, dass er Muriel ins Kino eingeladen habe. Im Lichtblick sei so eine erotische Retrospektive gelaufen, und sie hätten sich *Fanny Hill* angeschaut,

Deutschland vierundsechzig, ein ziemlich abgehangener Schinken, der keine Maus hinter dem Ofen und keine Lesbe in den Schrank zurücklocken könne, schade, denn Sinn und Zweck der Übung sei es natürlich gewesen, Muriel endlich auf den leuchtenden Pfad der Tugend zu führen, und unter Tugend, sagte Axel, verstehe er Heterosexualität. Denn bei allem Verständnis für ihre Liebe zu Anja und bei allen freundschaftlichen Gefühlen, die er für diese hege, sei Muriels sexuelle Orientierung doch ein verdammter Jammer für die Welt, und damit meinte er die männliche.

Aber vergebene Liebesmüh, Muriel habe nach dem Film, noch im Foyer und im Stehen, erst einmal ausführlich über die Geburt der Pornografie aus dem Geiste des Geständnisses reden wollen, denn ob das nun Soft- oder Hardcore sei, im Beichtstuhl, so Muriel, habe alles angefangen. Die Menschen hätten den Wäschekorb ihrer sexuellen Verfehlungen so lange zum Priester tragen und auskippen müssen, bis sie irgendwann gar nicht mehr aufhören konnten damit, die Beichtväter wurden immer begieriger auf neue Waschmaschinenladungen voller Dreckszeug und die Sünder wollten immer mehr gestehen und immer öfter absolutiert werden, und wenn sie nichts Unanständiges gedacht oder getan hatten, dachten sie sich in Gottes Namen eben irgendeine Sauerei aus. Das sei inzwischen nach außen hin zwar ein wenig anders, sagte Muriel, der Beichtstuhl sei dem Kinosaal gewichen, die armen Sünder würden ihre sexuellen Fantasien nicht mehr durch eine Trennwand flüstern, sondern verfilmen und die Priester in harter Währung bezahlen, eine Konstante sei jedoch geblieben, die Zuhörer oder Zuschauer, an die sich das richte, seien grundsätzlich Männer, und deshalb habe sie mit dem Film nichts anfangen können.

Er habe Muriel daraufhin wohl ziemlich verständnislos angeschaut, sagte Axel, denn sie habe plötzlich gelacht und gesagt: »Lass uns was trinken gehen«, und er habe das

Yokul's vorgeschlagen, weil es dort so schön schummrig sei und überall lauschige Sofas rumstünden, die körperliche Nähe quasi erzwingen würden. Und während Muriel und er in den Polstern lümmelten und Caipirinhas schlürften, wurde es dann tatsächlich richtig vertraulich zwischen ihnen, so vertraulich, dass Muriel anfing, wieder einmal von Anja zu schwärmen, wie wunderbar es mit ihr sei, von Jahr zu Jahr besser, eine Beziehung wie ein guter Wein. Von diesem Gedanken war es nur ein kleiner Schritt zum Thema Älterwerden, und darauf, sagte Axel, folge unweigerlich das Gespräch übers Kinderkriegen, biologische Uhr, es sei fünf vor zwölf, zum Tagesausklang nun die Nationalhymne, und so sehr er Muriel verehre und schätze, dieses Gespräch sei nicht nur so sicher wie das Amen in der Kirche, sondern auch genauso langweilig, denn mit einer Lesbe übers Kinderkriegen zu reden, finde er relativ abstrakt, da könne er gleich mit einem Grottenolm über das Licht diskutieren.

»Selber Grottenolm«, habe Muriel gesagt und: »Warum denn abstrakt? Es gibt da doch Mittel und Wege.«

»Nämlich?«

»Die In-vitro-Fertilisation zum Beispiel. Oder die Adoption. Und natürlich die klassische Variante, die wäre uns am liebsten: *Boy meets girl,* sie tun es.«

»Du meinst, so richtiger Sex? Penis-Vagina-Dialoge? Zwischen Männern und Frauen?«

»Soll ja durchaus schon vorgekommen sein, dass Kinder so gezeugt worden sind.«

»Was müssen das für Männer sein, die sich für so etwas hergeben?«, fragte Axel empört, und als Muriel sagte: »Ein guter Freund der Familie«, hatte er bereits einen Freiwilligen im Hinterkopf.

Denn dass er ungefähr seit dem Urknall scharf darauf sei, mit Muriel zu vögeln, sei ja hinlänglich bekannt, erklärte er Pepe und mir, aber dass sich so ein Unterfangen auch noch mit einer guten Tat verbinden ließe, dieser Gedanke habe sein altes Pfadfinderherz höher schlagen lassen. Ganz genau wisse er es auch nicht mehr, weil er zu diesem Zeitpunkt schon viel getrunken gehabt habe, aber anscheinend habe er Muriel gegenüber durchblicken lassen, dass er sich unter Umständen für so eine selbstlose Aufgabe schon zur Verfügung stellen würde, denn in der Woche darauf habe Muriel bei ihm angerufen und gefragt, wie ernst er das gemeint habe. Vor ein paar Tagen hätten sie sich zu dritt zu einer strategischen Vorbesprechung getroffen. Und kommende Woche sei er bei Anja und Muriel zum Abendessen eingeladen.

Als Axel, Pepe und ich uns das nächste Mal sahen, machten wir zwar noch pro forma eine Liste zum Anschreiben der Punkte, drei Spalten mit unseren Namen, daneben eine zum Notieren der Spiele, aber alle vier Spalten blieben an diesem Abend leer, denn über das Geben der Karten kamen wir nicht hinaus.

»Wir beginnen mit einer Bock-Runde«, sagte ich. »Pepe hat gegeben, ich höre, du sagst. Axel, wie war dein letztes Wochenende?«

»Das Essen meinst du? Sehr gut.«

»Was gab es denn?«, knurrte Pepe. »Grütze?«

»Zur Vorspeise Sellerie-Lauchsuppe, mit Ingwer und Zitronensaft verfeinert, sehr raffiniert. Danach gab es Austern mit Safransauce. Und zum Nachtisch ein Sorbet aus Granatapfel und Passionsfrucht«, irritierend sei nur gewesen, dass Anja und Muriel sich die ganze Zeit über die Zusammenstellung des Menüs amüsiert hätten und er bis heute nicht wisse, warum. Der Wein sei ebenfalls ausgezeichnet gewesen, ein rassiger Chablis, aber leider habe ihm Muriel nach dem dritten Glas die Flasche aus der Hand genommen.

»Du musst dich schonen«, habe sie gesagt. »Nicht, dass du uns nachher schlappmachst.«

»Und«, fragte Pepe, »hast du?«

»Natürlich nicht. Sagt mal, wofür haltet ihr mich?«

»Na ja«, sagte ich, und dann fingen Pepe und ich an, aus dem Stegreif eine Liste von Ausdrücken zu erstellen, die auf Axel zu passen schienen, viele davon aus dem Tierreich, also nein, unterbrach Axel uns, dass er wegen ein bisschen Alkohol im Blut schlappmachen würde, da habe nun wirklich keine Gefahr bestanden. Eigentlich sei er ja davon ausgegangen, dass er mit beiden Frauen nacheinander schlafen dürfe, obwohl Muriel ihm vorher geduldig erläutert habe, dass es auch bei lesbischen Paaren nur sehr selten sei, dass beide Partner gleichzeitig schwanger würden. Na gut, natürlich sei er enttäuscht gewesen, als es hieß, nicht Muriel, sondern Anja sei diejenige, welche, und vielleicht habe er deswegen moralische Probleme bekommen, aber weil Axel Abstrakta gerne durcheinander bringt, bin ich mir nicht sicher, ob er mit »moralische Probleme« nicht doch etwas anderes meinte, er sagt ja auch Tugend, wenn er Heterosexualität sagen will. Und auch mit der musikalischen Untermalung habe er seine Schwierigkeiten gehabt.

»Sex bei Juju-Musik«, sagte Axel, »das ist ziemlich vertrackt«, diese Musik sei rhythmisch dermaßen kompliziert, das habe Anja und ihn immer wieder aus dem Takt gebracht, weil er sich auf den Schlag bewegt habe, Anja aber auf die Synkope. Trotzdem hätten Muriel und sie auf dieser Musikbegleitung bestanden. »Im Moment der Zeugung werden ganz viele Weichen gestellt«, habe Muriel gesagt, und die rhythmische Komplexität afrikanischer Musik sei in besonderer Weise dazu geeignet, bei dem im Entstehen begriffenen Organismus flexibles Denken zu fördern. Darüber hinaus finde sie diese Musik unglaublich sexy.

Leider sei die rhythmische Komplexität jedoch nicht dazu geeignet gewesen, seine Moral aufzurichten, sagte Axel, eine halbe Ewigkeit sei es synkopisch hin- und hergegangen, rauf und runter, rein und raus, aber nicht so richtig voran. Erst als Muriel sich auf seinen Rücken legte, er ihr feuchtes Geschlecht an seinem Hintern spürte, als sie Anja und ihm half, ihre gegenläufigen Rhythmen in Synchronisation zu bringen, da ging es plötzlich sehr schnell. Muriels Wange klebte an seiner, ihre Haare lagen an seinem Hals, als er kam, sah er aus den Augenwinkeln, wie Anja und sie sich küssten.

Die Zigarre danach wurde in gegenseitigem Einvernehmen durch einen Joint ersetzt. »Ich muss für die nächsten neun Monate auf Vorrat sündigen«, erklärte Anja, und deshalb tranken sie nach dem Kiffen noch Whisky, dann baute Muriel ein weiteres Ding, so kräftig wie eine ihrer Waden. Danach schliefen alle drei ein.

Anja war schon aufgestanden, als Axel wieder erwachte, Muriel lag ihm gegenüber. Axel rutschte etwas näher an sie heran. Er roch ihren gleichmäßigen Atem, Whisky, Austern, Haschisch. Er versuchte, seine Atmung der ihren anzupassen, führte seine Lippen ganz nahe an ihren halb geöffneten Mund, und immer, wenn sie ausatmete, atmete er ein. Er behielt die Murielluft tief in der Lunge, bis seine Lungenbläschen ganz mit ihr getränkt waren, dann blies er sie wieder zurück, in Muriels Einatmen hinein, sodass sie nur Luft einsog, die vorher in ihm gewesen war, und umgekehrt. In diesem Moment, sagte Axel, hatten Muriel und er eine einzige Lunge, und die Luft, die in ihr hin und her strömte, wurde mit jedem Atemzug dünner.

Und weil er diese Schwäche für symbolische Handlungen hat, stellte Axel sich vor, dass mit jedem Atemzug auch ein paar Partikel von Muriels Seele in seinen Körper herüberwandern und beim Ausatmen ein paar seiner Seelenatome in ihren, dass Muriel und er sich mit jedem Atemzug ähnlicher werden, dass psychische Teilchen zwischen ihnen hin und her geblasen werden, bis ihre zwei Seelen sich vollkommen gleichen, und plötzlich, sagte er, lagen dort zwei Ariels nebeneinander im Bett, oder zwei Muxels, wie es uns gefällt. »Wir sind jetzt Vater«, flüsterte er, und davon wachte die Frau, die Muriel gewesen war, auf.

»Na so was«, sagte sie, »ein fremder Mann in meinem Bett. Wer bist denn du?«

»Erkennst du mich nicht? Ich bin's doch, Muriel.«

»Guten Morgen«, sagte sie und streckte ihm förmlich die Hand entgegen. »Axel.«

Er führte ihre Hand zum Mund, um sie zu küssen. In diesem Moment kam Anja ins Zimmer, die Haare in ein Handtuch gewickelt. Sie lächelte. Sie setzte sich auf das Fußende des Bettes, legte den Arm um ihren Kopf und küsste sie. Sie sagte: »Guten Morgen, Liebste.«

»Zu wem jetzt?«, unterbrach Pepe.

»Na, zu uns beiden.« Aber vermutlich habe sie das gar nicht bemerkt, sagte Axel, er habe nämlich den Eindruck, dass Anja an diesem Morgen nur mit sich selbst, mit ihrem Körper und anderen äußerlichen Dingen beschäftigt gewesen sei, klar, sie habe das in diesem Moment zwar noch nicht mit letzter Sicherheit wissen können, aber sie sei gerade schwanger geworden. Die sehr viel subtilere Verwandlung, die mit Muriel und ihm vonstatten gegangen sei, habe Anja jedoch gar nicht wahrgenommen, in Wirklichkeit habe sie bei dieser Morgenumarmung nämlich zu fünfzig Prozent Axel im Arm gehabt, während eine Hälfte von Muriel ihr dabei zuschaute.

Während des Redens hatte Axel unablässig mit den Karten herumgespielt, jetzt legte er sie zur Verdeutlichung seiner Theorie auf den Tisch. Die Pik-Dame hier sei Anja, sagte er, das sehe man ja sofort, »und das hier«, er zerriss einen Kreuz-Buben der Länge nach in zwei Hälften, dann nahm er eine Herz-Dame und tat ihr das Gleiche an, »das sind Muriel und ich.« Er setzte die vier Hälften neu zusammen, legte eine der so entstandenen Zwitterkarten auf die Pik-

Dame und die andere in gebührendem Abstand daneben. In diesem Moment wurde Pepe die Geschichte zu blöd.

Er brüllte etwas von Exkommunikation und wo wir denn hier seien. Skatkarten zerreißen, das könne Axel vielleicht in seiner Frauengruppe machen, aber nicht mit uns, so etwas tue mensch nicht, und er sage jetzt nur aus Rücksicht auf Axels weibliche Seite nicht »man«, aber das enthebe Axels verbliebene männliche Hälfte noch lange nicht der Pflicht, sein inneres Fräuleinwunder im Zaum zu halten, sonst wäre es nämlich besser, sie würden beide gehen.

Normalerweise hätte Axel uns jetzt den Vulkan gemacht. Aber er schüttelte nur traurig den Kopf, als wollte er sagen, was wisst ihr schon über uns. Er stand auf, nahm wortlos seine Jacke vom Stuhl und ging. Als wir ihn das nächste Mal trafen, hatte er sich ziemlich verändert.

Natürlich tat Pepe die Sache im Nachhinein leid, und natürlich juckte es uns beide schon bald wieder in den Fingern. Deshalb hinterließen zwei, die es gut mit ihm meinten, eine Nachricht auf Axels Anrufbeantworter, in welcher wir ihm drakonische Strafen und Sippenhaft androhten bis ins siebte Glied für den Fall, dass er es versäumen sollte, am folgenden Samstag mit einer bestimmten Summe in kleinen, nicht markierten Scheinen zum Skatspielen anzutreten. Ich muss zugeben, Axels Seelenwanderungstheorie hatte mich nicht gerade überzeugt, und als am Samstagabend statt seiner plötzlich Muriel zur Tür hereinkam, war ich daher ziemlich überrascht.

»Axel!«, rief ich. »Wo kommst du denn her?«

»Alles fit im Schritt?«, fragte Pepe und drehte sich um. Als er Muriel sah, war ihm das natürlich peinlich, aber wenn einer ein richtiger Kartenspieler sein will, soll er sich eben nicht mit dem Rücken zur Tür setzen.

»Wir sind schon etwas betrunken«, versuchte ich zu erklären. »Wir warten schon seit Stunden auf den dritten Mann«.

Sie glaube nicht, dass sie dafür die Richtige sei, sagte Muriel. Eigentlich habe sie uns nur sagen wollen, dass unser dritter Mann nicht kommen könne.

»Das ist schlecht«, sagte Pepe. »Dafür werden noch seine Kindeskinder teuer bezahlen müssen.«

»Lasst mal seine Nachkommenschaft aus dem Spiel, das ist ein schwieriges Thema«, sagte Muriel und setzte sich. Und wenn Axel sich schon früher ein paar Atome von ihr abgeschnitten hätte, hätten Pepe und ich uns viele geständnisbildende Maßnahmen ersparen können, denn Muriel erzählte ohne Umschweife von den vergangenen Wochen, von jener Zeit, in der sich Axel nicht bei uns gemeldet hatte, bei Anja und ihr dafür umso öfter.

Axel sei ausgiebig damit beschäftigt gewesen, postkoitale Joints zu rauchen und Schnäpse zu trinken, sagte Muriel, allerdings ohne vorherigen Koitus, und das sei wohl auch das Problem. Denn Sex habe er durchaus haben wollen, und zwar mit ihr, den bereits vollzogenen Geschlechtsakt mit Anja hingegen schien Axel zunehmend zu bereuen, wie er nach allabendlichem Rauschmittelkonsum am Telefon beteuerte.

»Ich war ja viel zu billig«, habe er sich, nachdem der Schwangerschaftstest mit positivem Ergebnis zurückgekommen war, beklagt und kulinarische Nachforderungen gestellt. Muriel müsse ihn unbedingt mal wieder bekochen, am besten sofort, sie könne das auch ruhig bei ihm zu Hause machen und Anja brauche nicht dabei zu sein, die müsse sich jetzt sicher schonen. Als Muriel andeutete, dass Axel, bevor sie ihn besuche, erst einmal zu sich kommen solle, habe dieser wirres Zeug geredet, das sie bis heute nicht recht verstanden habe, von gespaltenen Hinterteilen und geschobenen Jungfrauen, vom Pfad der Tugend, auf den er sie führen wolle, davon, dass er nicht nur der Erzeuger, sondern auch die halbe Mutter des zu erwartenden Kindes sei, dass er es Anja zwar gerne austragen lassen wolle, es danach aber aus moralischer Sicht zweifelsohne Muriel und ihm gehöre, andernfalls sei es ihm lieber, überhaupt niemand würde das Kind bekommen.

»Könnte die Frau Mama vielleicht erklären, was sie damit meint?«

»Ich nehme alles zurück.«

»Darüber jetzt noch zu reden ist ja wohl ziemlich abstrakt, findest du nicht?«

»Warum denn?«, fragte Axel. »Es gibt da doch Mittel und Wege.«

»Was liegt, liegt«, sagte Muriel und knallte den Hörer auf die Gabel, und das war offenbar eine Sprache, die Axel verstand, denn danach habe er nicht mehr bei Anja und ihr angerufen. Dafür habe er ihnen heute, auf dem Weg zum Skatspielen, vor der Haustür aufgelauert.

»Ich muss doch was zu erzählen haben«, habe er gesagt, seine Hand auf Anjas Bauch gelegt und gegrinst. Er habe angefangen, sachte mit den Fingern darauf zu trommeln, einen moderaten Viervierteltakt. Dann begann er zu singen: *»Like a virgin«*, bum-tscha, bum-tscha, *»touched for the very first time«*, und so ein Discobeat sei zwar schrecklich konservativ, sagte Muriel, aber natürlich noch lange kein Grund, jemandem die Zähne auszuhauen.

»Wie?«, fragte Pepe. »Anja hat Axel die Fresse poliert?«

»Man könnte auch sagen, er hat sie sich selber blankgebohnert. An ihrem Kopf.«

Pepe nickte und tippte sich an die Stirn. »Respekt.«

Genau daran habe es Axel leider gemangelt, sagte Muriel, sonst hätte er wohl kaum ungefragt seine Hand auf Anjas Bauch gelegt und dann auch noch getrommelt. Jedenfalls sei es mehr als verständlich gewesen, dass Anja ihn hart von sich gestoßen habe. Aber weshalb Axel sich ihr danach noch einmal mit solcher Wucht entgegengeworfen habe, darüber könne sie nur spekulieren, vielleicht seien das die ausgeleierten Bande der Freundschaft gewesen, die ihn zurückkatapultiert hätten, oder aber er habe Anja angreifen oder zur Entschuldigung umarmen wollen, so genau wisse man das ja manchmal bei ihm nicht. Sicher sei nur das Resultat, nämlich dass es plötzlich gewaltig gekracht habe.

Axel habe aufgebrüllt, sich ins Gesicht gegriffen und sei zusammengeklappt wie ein Gartenstuhl, Muriel konnte ihn gerade noch auffangen. Er spuckte ein paar blutige Kirschkerne auf die Straße, die Zwei-eins, die Zwei-zwei, die Vierzwei. Dann fing er an zu schimpfen, »wie ein Rohrspatz«, sagte Muriel, oder schlimmer, denn bei so einem Vogel höre man ja nur, *dass* er schreit, was genau er sagen wolle, wisse man nicht, bei Axel hingegen sei jedes Wort deutlich zu verstehen gewesen, obwohl er einige Ausdrücke verwendet habe, zu deren korrekter Aussprache ihm die notwendigen Zähne gefehlt hätten. Dentallaute seien ein Ding der Unmöglichkeit gewesen, Zischlaute auch, selbst ein vergleichsweise harmloses Wort wie »Rohrspatz« hätte Axel allergrößte Schwierigkeiten bereitet, gesetzt den Fall, er habe es verwenden wollen.

Anja griff in die Innentasche ihrer Jacke, um Axel ein Taschentuch zu reichen, denn das Blut rann ihm immer noch übers Kinn wie ein gemächlich erkaltender Lavastrom. »Mann, Mann, Mann«, sagte sie, und das war nett gemeint, versetzte Axel aber in nur noch größere Rage. Er griff ebenfalls in seine Tasche. Er zog sein Portemonnaie hervor, nahm ein paar Scheine heraus und streckte sie Anja entgegen. Sicher, es waren wieder teuflisch vertrackte Konsonanten in dem Vorschlag, den er ihr unterbreitete, aber Anja verstand ihn trotzdem ganz gut, sie beugte sich zu ihm hinunter, nahm die Scheine entgegen und stopfte sie Axel in den Mund, also es sei doch erstaunlich, wozu Geld manchmal gut sein könne, sagte Muriel, eine Stille sei plötzlich eingekehrt, so etwas habe sie noch nie gehört, kein Vogelgezwitscher mehr, keine Schreie, eine Ruhe wie tief im Innern der Erde. Diesen wunderbaren Moment habe sie genutzt, um ein Taxi zu rufen; Axel sei jetzt in der zahnärztlichen Ambulanz, es gebe dort lange Wartezeiten, und deshalb wäre es vielleicht ganz gut, wir würden uns um ihn kümmern.

»Heilige Scheiße«, sagt Pepe, als er Axel sieht. »Das hätte ich auch nicht besser gekonnt.« Er räumt die alten Ausgaben medizinischer Fachzeitschriften vom Wartezimmertisch, gibt, Axel fängt an zu erzählen, nachdem wir ihm lange genug zugehört haben, sagt er endlich etwas, und wenn er das Wort »achtzehn« korrekt aussprechen könnte, wäre alles wie in der guten alten Zeit.

Pepe sagt »weg«, ich sage »passe«, und Axel fängt an zu flennen, wie ungerecht die Welt doch sei, und damit meine er jetzt die Frauen sowie Pepe und mich, weil wir immer Großmutterblätter bekämen oder mauerten, und als er den Skat sieht, jammert er noch mehr. Er verliert einen Grand ohne einen, dann zwei Kreuz ohne vier, und das Einzige, was nach ein paar Runden noch gewaltiger ist als sein Selbstmitleid, ist die Summe seiner Miesen.

Natürlich hat das auch was mit mangelndem Kartenglück zu tun, aber als Axels Punktestand schließlich den Erdmittelpunkt durchstößt und drüben in Neuseeland wieder rauskommt, frage ich mich, ob an der Sache mit der Seelenwanderung nicht doch etwas dran ist. Denn Muriel hat zwar viele Qualitäten, sie kennt sich aus mit Schalentieren, Sellerie und anderen reizenden Substanzen, hat ein hervorragendes Rhythmusgefühl und sorgt sich sogar um Menschen, die ihre Freundin belästigen. Aber eine gute Skatspielerin war sie noch nie.

Serpentine

»Wenn eine von den Girlanden weniger als fünfzig Pfund wiegt oder wenn sie schlampig gebunden ist, merkst du dir, wer sie gemacht hat, und gibst mir Bescheid«, hat Cindy mir am ersten Tag erklärt. »Diese Mexikaner versuchen nämlich immer, so schnell wie möglich mit der Arbeit fertig zu werden, und fangen deshalb gerne an zu schludern. Aber ich kann es mir nicht leisten, schlechte Ware zu verkaufen. Dann suchen sich die Kalifornier einen anderen Lieferanten, ich muss meine Leute entlassen, und die Mexikaner wundern sich plötzlich, dass sie arbeitslos sind und nicht mehr wissen, woher sie das Geld für den nächsten Tequila nehmen sollen. Und das passt ihnen natürlich auch wieder nicht. Stimmt's, José?«

Der mexikanische Arbeiter, der zufällig neben uns stand, hat freundlich genickt, obwohl er wahrscheinlich kein Wort von dem verstanden hat, was Cindy gesagt hat. Er heißt auch gar nicht José, aber Cindy nennt die mexikanischen Männer, die für sie arbeiten, grundsätzlich José, und die Frauen Maria.

Der Betrieb, in dem ich angestellt bin, heißt Cindy's Tree Nursery, doch dieser Name ist etwas irreführend: In den letzten Wochen sind wir vor allem damit beschäftigt gewesen, den Baumbestand von Oregon zu Weihnachtsgirlanden zu verarbeiten. Diese verkaufen wir dann als Dekomaterial an Läden und Supermarktketten in Kalifornien.

Das Herz der Girlandenproduktion ist ein zweistöckiger Schuppen, der auf dem Gelände einer alten Farm zwischen Bergen von Thujazweigen steht. Trotz des nasskalten Winterwetters ist es im Schuppen ziemlich warm, es duftet nach frischem Harz.

Im oberen Stockwerk arbeiten die Mexikaner. Einer zerteilt die Zweige in handgroße Stücke, die anderen binden diese an kräftige Drahtseile, die aus Spulen über einen großen Werktisch in der Mitte des Raumes laufen. Sie zurren die Zweige bündelweise mit dünnem Blumendraht an dem jeweils vor ihnen liegenden Seil fest, schieben die so entstehende Girlande dabei nach und nach durch eines der Löcher, die in regelmäßigen Abständen in den Arbeitstisch gesägt sind und in je einen schmalen hölzernen Schacht münden, und wenn die Girlande ungefähr siebzig Fuß lang ist, kappen sie den Draht und lassen sie durch den Schacht in das Stockwerk darunter gleiten.

Dort arbeiten Turtle und ich. Turtle ist Cindys Freund, und er heißt so, weil er aussieht wie eine Schildkröte. Er hat immer leicht hochgezogene Schultern und müde, halbgeschlossene Augen vom Kiffen. Eigentlich ist Turtle Jazz-Gitarrist und deshalb eher nachtaktiv, aber seitdem er mit Cindy zusammen ist, muss er morgens früh raus, denn offiziell ist er ihre rechte Hand. Weil er allerdings vormittags oft nicht gut beieinander ist, hat seine Freundin vor ein paar Wochen mich eingestellt, um aufzupassen, dass er nicht allzu viel falsch macht.

Die Aufgabe von Turtle und mir besteht darin, die fertigen Girlanden zusammenzurollen, zu wiegen und zu verladen. Von morgens um neun bis nachmittags um fünf wachsen die nadligen Stränge aus den Öffnungen über unseren Köpfen, recken sich zu Boden und fallen mit einem dumpfen Plumps auf den feuchten Beton. Wir achten darauf, dass die Girlanden überall dieselbe Stärke haben, dass sie gleich schwer sind und dass der Draht an allen Stellen mit Grün bedeckt ist, damit man ihn nicht sieht. Wenn eine von den Girlanden weniger als fünfzig Pfund wiegt oder schlampig gebunden ist, deponieren wir sie in einer entlegenen Ecke des Lagerraumes, die wir »Das Ghetto von San Diego« nennen. Aus dieser Ecke beliefern wir die Abnehmer aus Südkalifornien, von denen Turtle annimmt, dass sie sowieso noch nie einen Nadelbaum gesehen haben. »Die sollen froh sein, dass sie ihre Läden nicht mit Kakteen dekorieren müssen«, sagt er, und dem Mexikaner, der die Girlande gebunden hat, zischt er zur Warnung einen Satz zu, der knistert wie brennendes Reisig.

»Dort braten sie die Steaks über dem offenen Feuer«, sagt Cindy, »und so ein Angebot mache ich nicht zweimal.« Das stimmt nicht ganz, weil ich das gleiche Angebot schon gestern ausgeschlagen habe.

Eine Einladung von Cindy bedeutet nichts Gutes. Entweder hat sie sich mit Turtle gestritten und möchte den Abend deswegen nicht mit ihm alleine verbringen, oder sie will mich über die anderen Angestellten aushorchen. Außerdem bin ich, bis wir in die nächste Stadt gefahren sind und ihre Tochter von der Kinderkrippe abgeholt haben, immer beinahe verhungert. Trotzdem sage ich, dass ich gerne mitkomme, weil mir keine neue Entschuldigung einfällt; dass ich kein Fleisch esse, lässt Cindy als Ausrede nicht gelten.

»Hätte ich nur meinen verdammten Hosenladen zu gelassen!«, schimpft Turtle, als Cindy mit Calliope auf der Toilette verschwunden ist, um ihr eine frische Windel anzuziehen. »Dann hätte ich jetzt nicht die kleine Pest am Hals. Und die große könnte ich auch leichter wieder loswerden.«

Er schnaubt durch die Nase und widmet seine Aufmerksamkeit wieder dem Wet T-Shirt Contest, der im Fernseher über der Theke gezeigt wird. »Live aus San Diego«, lese ich am unteren Bildschirmrand; eine Reihe von Frauen steht in der kalifornischen Abendsonne am Strand, sie werfen die Köpfe nach hinten und ihr Lachen in die Kamera, an ihren Oberkörpern klebt klatschnasser Stoff. Dass sie noch nie eine Thuja gesehen haben, scheint den Frauen nichts auszumachen.

»Mein Gott, Patrick, sieh dir das an.« Turtle schüttelt seine schütteren Haare und grinst. »Um da gewinnen zu können, brauchst du Brustwarzen, so groß wie gefrorene Erdbeeren.

Let me take you down, 'cause I'm going
To strawberry fields,
Nothing is real …«

Cindy und Calliope kommen zurück von der Toilette. Calliope hat inzwischen aufgehört zu schreien.

»Mein kleiner Sonnenschein!«, ruft Turtle. »Da bist du ja wieder. Aber wieso hast du die alte Sturmhexe nicht gelassen, wo sie hingehört?«

»Die Sturmhexe bezahlt heute Abend euer Essen«, sagt Cindy säuerlich und setzt Calliope zurück auf ihren Platz. »Außerdem füttert sie Tag für Tag eine Horde nichtsnutziger Chicanos mit durch. Apropos, Patrick«, sie greift nach Messer und Gabel und beginnt, die verkohlte Kruste von ihrem Steak zu schaben, »was reden die Mexikaner eigentlich so hinter meinem Rücken?«

Cindy hat mich unter anderem deshalb eingestellt, weil sie glaubt, dass ich fließend spanisch spreche.

»Finden sie auch, dass ich eine hässliche alte Hexe bin? Sind sie unzufrieden mit ihrer Bezahlung? Planen sie die Überführung der Produktionsmittel in die Hände des Proletariats?« Cindy grinst kurz; den Jargon hat sie noch von früher drauf.

»Weder noch«, behaupte ich und stochere in meinen Beilagen herum. »Sie finden dich wunderschön. Sie wissen nicht, wohin mit ihrem ganzen Geld. Und sie finden, dass der modrige alte Schuppen in deinen Händen hervorragend aufgehoben ist.«

»Ich wusste ja gar nicht, dass ich einen Komiker angestellt habe.« Cindys Teller ist inzwischen mit einer dicken Rußschicht bedeckt. »Einen Komiker und einen Lustmolch.« Cindy knallt das Steakmesser auf ihren Tellerrand, und Calliope fängt wieder an zu weinen. »Würdest du, anstatt irgendwelchen Strandschlampen auf die Nippel zu gucken, dich vielleicht mal um deine Tochter kümmern?«

Turtle runzelt die Stirn und schaut traurig auf Calliope. Er hebt den linken Unterarm, krümmt die Finger und dreht die Handfläche nach oben. Er holt mit der Rechten aus und lässt sie einen Moment lang neben seinem Kopf in der Luft schweben. Dann schlägt er einen Akkord auf einer imaginären Gitarre und singt: *»Quizás, quizás, quizás.«*

Da meine Spanischkenntnisse sehr begrenzt sind, fällt es mir schwer, mich mit den anderen Arbeitern zu verständigen, und wenn die Mexikaner mit mir reden, beschränken sie sich auf das Wesentliche. Wenn sie mir während ihrer Mittagspause dabei zusehen, wie ich die schweren Girlandenbündel auf die Ladefläche unseres Pick-ups hieve, rufen sie: *»Pesado, eh?«* *»Muy pesado«*, antworte ich dann, und die Mexikaner freuen sich, als hätte ihr Kind gerade sprechen gelernt. Wenn ich abends in den Schuppen komme, um durchzufegen, lächeln sie und sagen mitfühlend: *»Trabajo«*, und ich lächele zurück, und manchmal sage ich: *»Sí.«*

Außerdem sprechen eigentlich nur die Männer mit mir, die Frauen sind entweder zu schüchtern, oder ihre Brüder oder Cousins oder Gatten sehen es nicht gerne, wenn sie sich mit mir unterhalten. Sie haben erst ein einziges Mal mit mir geredet, und das war, als die Männer gerade draußen beim Rauchen waren.

Ich schlenderte durch das obere Stockwerk des Schuppens, weil Cindy darauf bestanden hatte, dass ich überprüfe, »was die Señoritas eigentlich den ganzen Tag so machen«. Ich fühlte mich ziemlich unwohl in meiner Rolle und wollte gerade wieder gehen, als eine der Mexikanerinnen einen Schrei ausstieß.

»*Patricio! Patricio!*«

Drei Frauen standen aufgeregt um einen der großen braunen Kartons herum, in denen die fertig zugeschnittenen Zweige liegen. Ich lief zu ihnen hinüber und versuchte, etwas Sinnvolles auf Spanisch zu sagen, aber alles, was mir einfiel, war ein Satz aus einem mexikanischen Ganovenfilm.

»*Qué pasa, chica?*«

Eine der Arbeiterinnen deutete in den Karton. Auf dem Boden der Kiste lag eine Schlange, kaum größer als eine der Zweigspitzen. Sie ringelte sich hilflos hin und her und versuchte vergeblich, an den glatten Pappwänden emporzukriechen. Sie erinnerte mich irgendwie an die Zunge eines Heiligen, die ich mal auf einem Foto gesehen hatte. Diese Zunge liegt seit siebenhundert Jahren in einem Reliquiengefäß in einem Dom in Italien, sie dreht und windet sich in ihrer Formaldehydlösung, wird jedes Jahr von Tausenden von Gläubigen angebetet und hat doch schon lange nichts mehr zu sagen.

Ich zog meine Arbeitshandschuhe an und packte die Schlange am Hals, direkt hinter dem Kopf, damit sie mich nicht beißen konnte. Ich nahm sie vorsichtig aus der Kiste. Sie züngelte und wand sich, die Mexikanerinnen wichen einen Schritt zurück.

Als ich die Rückenmusterung der Schlange betrachtete, sah ich, dass es sich um eine harmlose Strumpfbandnatter handelte. Trotzdem ließ ich es mir nicht nehmen, sie mit großer Geste durch den Schuppen zu tragen und allen Umherstehenden zu zeigen, während die Mexikanerinnen lange Sätze auf Spanisch sagten, in denen wiederholt und mit ehrfürchtiger Betonung mein Name auftauchte. Nachdem ich mich ausgiebig an meinem Ruhm geweidet hatte, legte ich die Schlange in ein leeres Schraubglas, um sie abends mit nach Hause zu nehmen.

Unter den Arbeiterinnen gibt es eine, die mir besonders gefällt. Ich nehme an, sie heißt Maria. Wie die anderen. Zugegeben, ich stehe mit meiner Bewunderung für sie nicht gerade allein da. Cindy findet sie toll, weil sie von allen Angestellten am schnellsten Girlanden bindet. Turtle findet sie toll, weil sie von allen Mexikanerinnen den größten Busen hat. Ich finde sie toll, weil alle anderen sie auch toll finden. Und, weil sie so eine genügsame Ruhe und Würde ausstrahlt.

Sie sagt nie etwas, das sich nach einer Klage oder Beschwerde anhört. Streng genommen redet sie überhaupt nicht. Sie kommt morgens schweigend zur Arbeit, mittags trinkt sie stumm mit den anderen ihren Tee, abends setzt sie sich wortlos mit ihnen auf die Ladefläche eines kleinen Lasters und dann fahren sie nach Hause, wo auch immer das sein mag. Manchmal lächelt sie still in sich hinein, und ich frage mich, worüber sie sich amüsiert. Aber wenn ich dann zurücklächele, verschwindet ihr Gesichtsausdruck so schnell wie er gekommen ist, wie ein Reh, das man beim Äsen überrascht hat.

Da ist Carol ganz anders. Carol wohnt in dem ehemaligen Farmhaus gegenüber der Baumschule und sie hilft Cindy bei der Arbeit im Büro. Sie ist ein richtiges Corn-Flake-Girl. Sie hat Sommersprossen und rotblonde Haare, trägt Jeans und großkarierte Holzfällerhemden, und in ihren Augen spiegelt sich der Optimismus ihrer Vorfahren, die meinten, sie würden in Amerika das Paradies auf Erden errichten.

»Hallo, du Beschützer der Witwen und Waisen«, sagt sie, als ich am Abend nach dem Vorfall mit der Schlange ins Büro komme. »Ich hab schon von deiner Heldentat gehört.« Sie grinst und deutet auf das Schraubglas in meiner Hand. »Du hast ganz alleine die schreckliche Riesenschlange bezwungen?«

»Ho-ho-ho«, ich bemühe mich um ein gequältes Weihnachtsmannlachen.

»Ist das einer ihrer Giftzähne, den du in dem Glas da aufbewahrst?«

»Nein. Das ist die ganze Schlange. Und sie hat gar keine Zähne.«

»Ach sooo.« Carol klopft mit dem Fingernagel gegen das Glas. Dann seufzt sie und streicht mir besorgt über die Wange. »Aber sie hätte dich zumindest erwürgen können.«

»Pass auf, dass ich nicht gleich dich erwürge«, drohe ich und Carol sagt: »Mir wäre es ehrlich gesagt lieber, du würdest mich beißen.«

Ich verziehe den Mund zu einem zahnlosen Altmännergrinsen. Das Fliegenschutzgitter vor der Eingangstür quietscht und Cindy kommt herein.

»Willkommen bei Cindys Partnervermittlung«, schnarrt sie, »nach vollzogenem Koitus sind fünfhundert Dollar auf mein Konto zu überweisen. Oder, noch besser, ich zieh euch die Vermittlungsgebühr gleich vom Lohn ab. Apropos: Bezahl ich euch eigentlich fürs Flirten?«

»Zum Glück nicht«, sagt Carol. »Sonst würde unser Held hier mit leeren Händen nach Hause gehen.«

»Dabei sieht er gar nicht so schlimm aus, wie alle sagen.« Cindy mustert mich abschätzig. »Wenn er sich mal rasieren und ein bisschen in Schale werfen würde, ließe sich da sicher was machen. Sag mal, Patrick, hast du dir eigentlich schon was Anständiges für die Weihnachtsfeier gekauft? Im Overall kommst du da nicht rein.«

Ich stelle das Glas mit der Schlange auf den Schreibtisch.

»Turtle hat gesagt, ich kann mir seinen alten Sharkskin-Anzug leihen. Du weißt schon, dieses grüne Teil mit dem Glanzeffekt. Verwandelt jeden, der es trägt, in einen mexikanischen Zuhälter aus den Siebzigern.«

»In eine siebzigjährige Schildkröte, meinst du wohl.« Carol zieht die Schultern nach oben, schiebt den Kopf nach vorn und verengt die Augen zu hauchdünnen Schlitzen. »Mauleseltreiber und Schildkröten. Na, das wird ja ein rauschendes Fest.«

»Pass auf, was du sagst«, Cindy hebt drohend den Zeigefinger, »du redest von meinen Angestellten. Und lass dir ja nicht einfallen, eleganter zu kommen als ich.«

»Ich werd mich bemühen«, sagt Carol mit gespielter Zerknirschtheit. »Obwohl … ich hab mir kürzlich ein neues Abendkleid gekauft. So ein rückenfreies, aus blauem Samt. Wenn du willst, zeig ich es dir.«

Sie sieht Cindy fragend an. Ich kann mir Carol beim besten Willen nicht in einem Abendkleid vorstellen. Ob ihr Rücken genauso sommersprossig ist wie ihre Nase?

»Ist das hier ein Büro oder ein Laufsteg?« Cindy klatscht in die Hände und macht ihr Genug-gescherzt-zurück-zur-Arbeit-Gesicht. »Oder, Möglichkeit Nummer drei, eine Müllhalde? Ich schlage vor, dass du vor Feierabend noch den Schreibtisch in Ordnung bringst, wenn Kunden reinkommen, muss man sich ja schämen. Und, Patrick«, sie deutet auf die Schlange, »schaff schleunigst das Ungeziefer hier weg. Ich kann Amphibien nicht ausstehen.«

Ich nehme das Einmachglas vom Tisch. Die Schlange hat sich inzwischen zusammengerollt; sie sieht jetzt aus wie eine kleine Weihnachtsgirlande. Oder wie die hochgesteckten Zöpfe von Maria.

Für die Weihnachtsfeier hat Cindy Plätze in einem mexikanischen Restaurant bestellt. »Cantina Mexicana« steht in roter Neonschrift über dem Eingang. Die Kellner tragen Sombreros und gewaltige schwarze Schnurrbärte, singen revolutionäre Lieder, und alle fünfzehn Minuten verteilen sie kostenlose Schälchen mit Tortilla-Chips. »Die sind für dich, *compadre*«, sagen sie, oder: »Schade, dass Pancho Villa diese Party nicht mehr erleben darf«, manchmal auch: »Die Salsa ist für alle da.« Wenn es mit den Getränkebestellungen nicht vorangeht, rufen sie laut: *»Libertad!«*, und dann heben alle Gäste ihre Gläser und trinken auf die Weltrevolution.

Meine Kollegen sind in ausgelassener Stimmung, und ich ärgere mich, dass ich an ihrer Fröhlichkeit nicht richtig teilhaben kann. Schon beim Lesen der Speisekarte haben sie sich köstlich amüsiert, jetzt begrüßen sie mit großem Jubel das Eintreffen der Bestellungen und zeigen sich begeistert ihre Teller. Sie deuten auf eine einzelne Bohne oder einen Maisfladen und sagen etwas auf Spanisch, woraufhin alle in brüllendes Gelächter verfallen.

Turtle scheint nichts davon zu bemerken, aber Cindy ist sichtlich irritiert. Immer wieder schaut sie zu ihren Angestellten hinüber, deutet auf das Essen und fragt, *»¿Bueno?«*, was die Mexikaner stets mit einem freundlichen: *»Sí, sí«* bejahen. Aber dann sagen sie wieder etwas, das ich nicht verstehe, und fangen an zu lachen. Turtle blickt mich mit seinen gleichmütigen Schildkrötenaugen an.

»Ich geh mal nach draußen. Frische Luft schnappen.«

»Ich komme mit«, sage ich, und Cindy schaut uns vorwurfsvoll an, weil sie weiß, dass wir jetzt kiffen gehen. Einspruch erhebt sie keinen, schließlich war sie früher mal Hippie. Sie zuckt mit den Schultern, dann schaut sie wieder auf die Mexikaner, greift entschlossen nach ihrem Glas und ruft: »José! Maria! Auf die Freiheit!«

Als wir zurückkommen, ist das Essen vorbei, und die meisten Gäste tanzen bereits.

»Tortilla! Patricio!« Zwei Mexikaner haken uns unter und

zerren uns in die Menge. Wo Maria ist, weiß ich nicht, dafür ist Carol nicht zu übersehen. Als sie Turtle und mich erblickt, tanzt sie auf uns zu, klatscht rhythmisch in die erhobenen Hände und stößt ein lautes »*Ayayay!*« aus, das die umstehenden Mexikaner in helle Begeisterung versetzt. Der, der neben mir steht, lehnt sich zu mir rüber, stößt mir den Ellenbogen in die Seite und sagt etwas. Er schaut von Carol zu mir und wieder zurück und hebt ermutigend die Augenbrauen.

Ich betrachte Carol, die jetzt von mehreren Seiten betanzt wird. Die Aufmerksamkeit, die ihr geschenkt wird, macht sie von Stroboskopblitz zu Stroboskopblitz attraktiver, als würde mit jedem begehrlichen Blick auch ein Quäntchen Schönheit an ihr haften bleiben. Beim Anblick ihres schwitzenden, tanzenden Körpers bekomme ich ungeheuren Durst.

»Entschuldige«, sage ich zu meinem mexikanischen Komplizen. »Ich muss mir dringend was zu trinken holen.« Ich deute eine Trinkbewegung an. Der Mexikaner knufft mir noch einmal verschwörerisch in die Rippen und lacht.

Ich lehne mich an den Tresen und bestelle eine Bloody Mary. Während ich warte, betrachte ich mein Gesicht im Spiegel hinter der Bar. Ich frage mich, was Maria wohl von mir denkt. Irgendwie erinnert sie mich an eine Filmfigur, und vielleicht geht es ihr ja genauso. Vielleicht bin ich für sie auch nur ein Gesicht aus einem Abenteuerfilm.

Ob es solche Geschichten auch in Mexiko gibt? Eine junge Frau haut von zu Hause ab und geht auf Weltreise. Sie landet auf einer fremden Insel und entdeckt dort wilde weiße Menschen, und weil diese noch nie ein harzbraunes Mädchen gesehen haben, halten sie die Fremde für eine Göttin. Sie fallen auf ihre bleichen Gesichter, beten sie an, bringen ihr haufenweise Gold, tolle Kleider und Menschenopfer dar, und zum Schluss bekommt sie den Sohn des weißen Häuptlings zum Mann. In meiner Vorstellung sieht die Göttin Maria verdammt ähnlich, und der Häuptlingssohn trägt einen Zuhälteranzug mit Glanzeffekt.

»Störe ich dich gerade bei einem Rendezvous?« Carol deutet auf mein Spiegelbild.

»Nein, nein.« Ich mache eine vage Handbewegung in Richtung meines Doppelgängers. »Das ist nur so ein Typ, der mich angequatscht hat. Er will unbedingt mit mir tanzen, aber ich hab ihm gesagt, dass das nicht geht.«

»Schade. Das Gleiche wollte ich dich auch gerade fragen. Und warum nicht?«

»Ich hab ziemliche Kopfschmerzen.«

»Ach so. Und Haarewaschen musst du heute Abend auch noch, stimmt's?« Carol setzt sich auf den Barhocker neben mir. Als sie sich wegdreht, um etwas aus ihrer Handtasche zu holen, sehe ich ihren Rücken. Ihre Haut erinnert mich an eine große Schale mit Vollmilch, in der Haferflocken schwimmen. Carol richtet sich wieder auf und zündet eine Zigarette an. Sie legt den Kopf zurück, bläst den Rauch nach oben; als sie mich wieder ansieht, beginnt ihr Mund amüsiert zu zucken.

»Schmutzige Haare und Kopfschmerzen. Soll ich einen Krankenwagen rufen?«

»Danke, das ist nicht nötig.« Ich nicke in Richtung des Spiegels. »Wir kommen schon alleine klar.«

»Seid ihr sicher? Ich bin mit dem Auto da, ich kann euch in die Notaufnahme fahren. Oder nach Hause.«

Ich schaue prüfend auf mein Spiegelbild, das zaghaft den Kopf schüttelt, dann auf Carols blaues Samtkleid. Es steht ihr tatsächlich sehr gut.

»Das ist sehr fürsorglich von dir. Aber du willst ja sicher noch ein bisschen hier bleiben und feiern.«

»Eigentlich bin ich auch schon bald reif fürs Bett. Und hier ist ja nicht mehr viel los.«

Das ist gelogen, und wir beide wissen das. Inzwischen ist

sogar Cindy auf der Tanzfläche eingetroffen, sie hat anscheinend ausgiebig auf die Freiheit getrunken und jetzt das Bedürfnis, ihre Angestellten vor der saisonbedingten Entlassung noch einmal persönlich kennen zu lernen. Turtle kniet vor ihr auf dem Boden und spielt Luftgitarre.

»Hm«, sage ich. »Okay.« Ich leere mein Glas. »Wenn dir das nichts ausmacht.«

»Im Gegenteil.« Carol nimmt die Handtasche und rutscht von ihrem Barhocker. »Falls wir unterwegs auf wilde Tiere treffen, musst du mich nämlich beschützen.«

Als wir ohne uns von den anderen zu verabschieden gehen, fällt mein Blick auf meinen mexikanischen Mitwisser. Er steht am Rande der Tanzfläche und unterhält sich mit Maria. Als ich Carol die Tür aufhalte, blickt er zu uns herüber. Er zwinkert mir zu, grinst und hebt den rechten Daumen. Ich schaue schnell weg und verlasse das Lokal.

»Wo wohnst du eigentlich, Schlangenbeschwörer?«

»Im Nordwesten. Ecke Siebzehnte Straße und Anthony.«

Ich lehne den Kopf gegen das kühle Seitenfenster. Ich atme tief durch. Ein süßlicher Vanillegeruch zieht von Carol herüber, ich schließe die Augen und lasse ihn in mich eindringen. Nach ein paar Zügen kommt es mir vor, als seien meine Lunge, meine Nase, mein ganzer Kopf mit Vanillezucker bestäubt, meine Gedanken bleiben zappelnd kleben wie Insekten an einem Streifen Tanglefoot.

Nach fünf Minuten wird das Schweigen unerträglich. Carol macht das Radio an. Sie beginnt mitzusingen und im Takt der Musik mit dem Steuer zu wackeln.

»Take me down to the paradise city,
Where the grass is green and the girls are pretty,
Oh, won't you please take me home?«

Von dem Slalom wird mir übel, ich bekomme plötzlich wirklich Kopfweh. Als wir am Sacajawea Park vorbeifahren, muss ich Carol bitten anzuhalten.

»Ich brauche dringend frische Luft.«

Carol steuert den Wagen auf einen der Parkplätze, wo an Sommersonntagen Dutzende von Familienvätern ihre Kinder und Gartengrills zum Picknick ausladen. Zu dieser Nachtzeit ist er menschenleer. Carol stellt den Motor ab und macht das Radio aus. Sie löst ihren Sicherheitsgurt und schaut mich fragend an. Ich bedanke mich und steige aus.

Ich laufe auf die große Picknickwiese hinaus, zuerst langsam, dann immer schneller, und bleibe erst stehen, als ich die Strahlen der Frontscheinwerfer hinter mir gelassen habe. Ich blicke zum Nachthimmel empor und sauge die feuchte Luft in meine Lungen. Es riecht nach modrigen Blättern. Ich drehe mich, den Kopf im Nacken, langsam im Kreis.

Ich stelle mir vor, wie sich die Engel auf Weihnachten vorbereiten, wie sie die himmlischen Wälder abholzen, um ihre kargen Wolken mit etwas frischem Grün zu schmücken. Ich höre das Geräusch der Girlanden, während sie Stück für Stück durch den Schacht über meinem Kopf geschoben werden, das leise Schaben der Zweige, dazwischen vereinzelte Wortfetzen, gedämpfte Gespräche auf Spanisch. Ich bekomme Angst, dass jeden Augenblick eine riesige Weihnachtsgirlande vom Himmel herabfallen und mich erdrosseln könnte wie eine hungrige Boa Constrictor.

Bei dieser Vorstellung wird mir schlecht. Ich bleibe stehen, stemme meine Füße gegen den Boden, schließe die Augen und folge in Gedanken der Spirale, die sich im Inneren meines Kopfes weiterdreht. Als ich die Augen wieder öffne und zum Auto hinüberblicke, sehe ich, dass Carol die Scheinwerfer ausgemacht hat. Ich ziehe die Schultern nach oben und gehe langsam zurück zum Wagen, Schritt für Schritt, eine Schildkröte auf dem Weg zur Schlachtbank.

»Besser?«, fragt Carol, als ich die Tür aufmache. Ich antworte ihr nicht, schnalle mich nicht an, und Carol macht keine Anstalten, den Motor zu starten. Die Stille umhüllt uns wie die Rinde einen Mammutbaum, alles, was ich höre, ist der Puls an meinem Hals, dumpf und schwer, wie eine Axt, die sich mit kräftigen Schlägen ins Holz gräbt.

»Vorsicht, *timber!*«, flüstere ich den Warnruf der Holzfäller. Dann lasse ich meinen Oberkörper in Richtung Fahrersitz umfallen.

Ich pralle mit dem Brustkorb gegen die angezogene Handbremse und stauche mir eine Rippe. Weil Carol gerade einen Erste-Hilfe-Kurs besucht, will sie nachsehen, ob ich ernsthaft verletzt bin, und ich muss mein Jackett und mein Hemd ausziehen. Als ich versuche, auf den Fahrersitz zu klettern, stoße ich mit der Kniescheibe gegen das Steuerrad. Um mein Bein untersuchen lassen zu können, ziehe ich auch die Hose aus. Schließlich sitze ich nackt und mit gespreizten Beinen auf Carols Schoß.

Ich spüre den Samt ihres Kleides an meiner Brust, meinen Schenkeln, meinem Glied. Während wir uns küssen, probiere ich verschiedene Hebel aus, die neben dem Fahrersitz angebracht sind. Endlich finde ich den richtigen; Carols Oberkörper gibt nach und sie fällt mitsamt der Rückenlehne nach hinten.

Ich fahre mit den Handflächen an der Innenseite ihrer Schenkel entlang, packe den Saum des Slips und der Strumpfhose und ziehe sie nach unten. Ich gleite an Carols Körper hinab, fühle ihre Schamhaare, ihre Hand an meinem Glied, den Fuß an meinem Hintern. Carol schiebt mich in sich hinein, ich spüre das feuchte Fleisch um meine Eichel.

Ich zwänge meine rechte Hand zwischen die Lehne des Sitzes und Carols Rücken, mit der anderen streiche ich ihr übers Gesicht, befühle ihre Sommersprossen, ihre Leberflecken, ihre Brüste. Eine Haut wie ein Frühstückstisch. Wie Milch mit Haferflocken. Müsli mit Preiselbeeren.

»Warum grinst du so?«

»Nur so. Weil es schön ist.«

»Irgendwas nicht in Ordnung?«

Um nicht antworten zu müssen, beiße ich Carol in die Schulter, sie seufzt leise auf. Als ich spüre, dass meine Erektion nachlässt, stelle ich mir einen anderen Körper vor, harzbraun, hinter dem Schuppen, auf einem Berg weggeworfener Zweige.

»Warte«, sagt Carol, und ich spanne die Bauchmuskeln an, aber zu spät, die Lust schießt mir schon in den Unterleib, sie strömt an mir empor, zuerst sachte, dann immer schneller, ein Prickeln und Brennen wie nach einem Schlangenbiss.

»Also dann. Vielen Dank fürs Mitnehmen.«

»War mir ein Vergnügen.«

»Mir auch.«

Te gustó? Mucho.

»Was ist? Bereust du es schon, dass ich dich nach Hause gebracht habe?«

»Nein, nein.« Ich schüttele schwach den Kopf, beuge mich zu Carol rüber und küsse sie zum Beweis auf den Mund. »Mir ist nur immer noch ein bisschen schwummrig.«

»Ich vergaß. Die Haare. Gute Besserung.«

»Danke.«

»Wenn du willst, kannst du dich ja mal melden.«

»Mach ich.«

»Soll ich dir meine Telefonnummer geben?«

»Die kann ich ja über Cindy und Turtle bekommen.«

»Okay.« Carol lacht leise. »Na dann, frohe Weihnachten.«

In meinem Zimmer nehme ich vorsichtig das Einmachglas von der Kommode. Die Schlange liegt reglos da, und einen

Moment lang habe ich Angst, sie könnte tot sein. Als ich das Glas ins Licht halte, beginnt sie langsam sich zu räkeln.

»*Feliz Navidad*«, flüstere ich ihr zu.

Ich nehme den Fahrstuhl ins Erdgeschoss. Ich gehe zum Hinterausgang, durch den Hof, vorbei an Müllcontainern und schwarzen Plastiksäcken, die Straße hinunter. Nach ein paar hundert Yards komme ich zu einer Grünfläche. Hinter einem Rhododendron knie ich mich nieder.

Ich setze das Glas auf den Boden und schraube behutsam den Deckel ab. Ich fasse die Schlange hinter dem Kopf und lege sie in das nachtgrüne Gras. Sie züngelt und öffnet stumm ihr Maul. Ich stehe auf. Ich will der Schlange zum Abschied noch etwas sagen. Aber bevor ich weiß, was das sein könnte, ist sie schon verschwunden.

Der Stachel Gottes

Thea und ich haben ein Drogenproblem. Harte Sachen kommen für uns nicht infrage, chemische Substanzen haben wir geächtet, und bei Naturdrogen kriegen wir uns ständig in die Haare. Seit ich bekifft eingeschlafen bin, während Thea versuchte, mir das Betäubungsmittelgesetz zu erklären, rechnet sie Haschisch zu den harten Sachen. Weil Thea auf einem Pilz-Trip Gott getroffen und mir danach gesagt hat, beim nächsten Mal werde sie ihn heiraten, habe ich einen Zusatzparagrafen erwirkt, nach dem Pilze unter die chemischen Substanzen fallen. Irgendwann wussten wir einfach nicht mehr, was wir nehmen sollten. Auf der Love Parade wurde uns dieses Drogendilemma schmerzlich bewusst.

»*We are one family!*«, verkündete der DJ auf dem Lautsprecherwagen vor uns.

»Wenn das hier meine Familie ist«, Thea deutete auf die schwitzende Menge, »dann will ich verstoßen werden. Dann will ich zur Familie der Giftnattern gehören.«

Große Ansammlungen zugedröhnter Menschen gingen ihr auf die Nerven, besonders nach einer langen Woche im Gericht. Aber trotzdem oder gerade deshalb, sagte Thea, habe sie gerade das dringende Bedürfnis, ihr kritisches Bewusstsein in vorläufigen Gewahrsam zu nehmen und ihren Körper unbeeinträchtigt feiern zu lassen.

»Denkst du eigentlich immer in diesen bescheuerten juristischen Kategorien?«, fragte ich vorwurfsvoll. Statt einer Antwort fing Thea an zu schreien.

Sie schlug mit der Hand gegen ihr rechtes Bein. Dann begann sie, wie elektrisiert mit dem Kopf zu zucken, hin und her zu hüpfen und mit den Fäusten in die Luft zu boxen.

»That's right! Put your hands in the air!«, brüllte der DJ in sein Mikrofon.

»Thea! Ist alles in Ordnung?« Ich packte sie an der Schulter.

Thea blieb zitternd stehen und atmete tief durch. »Mein Gott«, seufzte sie und lächelte dankbar. »Genau das habe ich jetzt gebraucht.«

»Was denn?«

Thea nahm meine Hand und zerrte mich aus der Menge, in den Tiergarten hinein. Hinter einem Busch rollte sie ihr rechtes Hosenbein nach oben und deutete auf ihren Unterschenkel, geschwollen und stark gerötet. Als ich mich hinunterbeugte, sah ich den Stachel, an dem noch die Giftblase hing.

»Das brennt und pulsiert ganz fantastisch«, schwärmte Thea. »Das musst du auch probieren. Aber unauffällig! Wenn sich unser kleines Geheimnis in der Rave Nation rumspricht, sind bald alle Bienen in der Umgebung leer gespritzt.«

Beim nächsten Eisstand kauften wir zwei Kugeln Zitrone und rieben uns damit die Beine ein. Ich musste nicht lange warten, dann bekam auch ich meinen ersten Fix. Das Gift ließ uns den Alltag und die Menschenmassen vergessen, mit dicken, zerstochenen Beinen tanzten wir den Nachmittag durch.

»Das ist erst der Anfang«, lachte Thea, während sie eine Wespe an ihren Unterarm presste. »Unsere Einstiegsdroge. Wenn wir genügend Toleranz aufgebaut haben, steigen wir auf Hornissen um. Und wenn die nicht mehr knallen, gibt es immer noch Schlangen, Skorpione und Spinnen. Wir könnten die auch züchten und weiterverkaufen, das wäre überhaupt die Lösung! Die kleinen Biester machen das Gift, wir machen das Geld, und ich kann endlich meinen Job als Staatsanwältin an den Nagel hängen.« Ich sah uns schon vor dem Tresor stehen und Taranteln verticken.

Plötzlich hörte Thea auf zu tanzen. »Verdammt«, sagte sie.

»Was ist? Kommst du schlecht drauf?«

»Allerdings.« Thea legte ihre Stirn in Falten. »Wir haben nämlich ein Problem.«

»Was denn für eins?«

»Ein juristisches natürlich«, erklärte Thea und wirkte mit einem Mal sehr nüchtern. Ihr falle gerade auf, dass der Konsum von Skorpion-, Spinnen- und Schlangengift zwar durchaus legal sei – die *Haltung* solcher Gifttiere sei hingegen strafbar. Ihre Verbringung unterliege nämlich der Verordnung über das Halten gefährlicher Tiere, kurz Gefahrtierverordnung, und gegen die müssten wir sofort etwas unternehmen. »Die Haltung von Gifttieren muss straffrei werden!«, rief sie.

»*That's right! Legalize it!*«, brüllte ein Raver, der neben uns stand.

Nach kurzem Überlegen kaufte Thea ihm zehn Gramm Haschisch ab. Sich auf Bienen zu verlassen, sei ihr auf lange Sicht zu unsicher, erklärte sie auf dem Nachhauseweg. Der nächste Winter komme bestimmt und so eine Verfassungsklage könne dauern, das genaue juristische Prozedere werde sie mir nachher in Ruhe beim Kiffen erklären. Und wenn ich dabei wieder einschlafe, werde sie sich zur Strafe mit Gott treffen, an der Aussetzung des Zusatzparagrafen zur Ächtung chemischer Substanzen arbeite sie schon lange.

Schnitt ins Brot

Höret die Drescher, sie schlagen im Takt, klipp-klapp, klipp-klapp, denn im Moment sind sie nur zu zweit: der alte Knecht mit dem Kropf am Hals und der junge Lohndrescher, der sich über den Kropf lustig macht, obwohl er selber Backen hat wie ein Frosch beim Balzen. »Hast du deine Zunge verschluckt?«, hat er gleich am ersten Abend beim Rabenwirt gefragt, aber statt einer Antwort hat er nur eine Maulschelle bekommen, die man bis zum Nattererhof hören konnte, und seitdem redet der alte Knecht noch weniger.

»Ausfegen«, hat er heute Morgen gesagt und auf die Tenne gedeutet, und danach nur noch: »die Garben«. Der junge Lohndrescher ist auf den Boden gegangen, hat die Garben hinuntergeworfen, und dann haben die beiden stumm den Flachs von ihnen gelöst, haben die Ähren in einem Viereck auf dem Boden ausgebreitet, die Spitzen nach außen, und weil sie damit schneller fertig waren als gedacht, haben sie schon einmal mit dem Dreschen begonnen.

Der Jüngere schlägt auf klipp, der Alte auf klapp, damit sie sich mit den Flegeln nicht ins Gehege kommen, und die letzte Silbe ist das Vorrecht des Älteren, er kann am kräftigsten zuschlagen, er macht das schon seit Jahrzehnten. So, wie der Junge die Handhabe umklammert hält, sieht jeder Schlag aus, als wäre er sein letzter, aber das ist seine erste Saison als Lohndrescher und außerdem hat er gestern Abend im Raben zu viel Most getrunken.

»Du arbeitest auch für den Natterer?«, hat ihn ein junger Kerl, dem der Daumen und Zeigefinger der rechten Hand fehlten, gefragt. »Hast du schon seine Frau kennen gelernt?«

Er habe gedacht, der Bauer sei Witwer.

»Ach wo, der hat die treueste Frau weit und breit.«

»Kein Wunder«, hat ein anderer mit flachsblonden Haaren hinzugefügt. »Wenn du deine Frau tagein, tagaus im Kuhstall eingesperrt hältst, setzt dir keiner so schnell Hörner auf.«

Und dann haben alle am Tisch gelacht, außer dem jungen Lohndrescher, der nichts verstanden hatte, und dem alten Knecht, der mit der flachen Hand auf den Tisch geschlagen und gesagt hat, morgen müssten sie früh an die Arbeit, also auf.

Zuerst kommt der mit den blonden Haaren dazu. Er nimmt einen der Flegel, die in der Ecke lehnen, wiegt ihn in der Hand, macht ein paar Probeschläge auf den Holzboden, dann stellt er den Flegel wieder zurück. Er probiert einen anderen, dann noch einen, klapp, klapp, erst als der alte Knecht sagt, wenn er nicht sofort zu arbeiten anfange, könne er sich gleich zu den Ähren legen, dann werde er ihm schon die Flausen aus dem Kopf dreschen, entscheidet er sich für einen Flegel und im Dreitakt geht es weiter: »Schnitt ins Brot«, gibt der Blonde als neuen Dreschtaktspruch vor, »Schnitt ins Brot«, und der junge Lohndrescher wird langsam hungrig, weil das Frühstück schon lange zurückliegt, und als der nächste Drescher dazukommt, der mit den fehlenden Fingern, wird es noch schlimmer. »Fleisch und Knö-del«, sagt er, und dem jungen Lohndrescher knurrt der Magen immer lauter, und gerade als er es geschafft hat, die Wörter von ihrem Inhalt zu trennen, sie nur noch als Klang, als Spreu, als Spelzen wahrzunehmen, kommt noch der Knecht vom Nachbarshof und beginnt vom Nachtisch zu sprechen: »Mut-ter backt Ku-chen, Mutter backt Ku-chen«. Zu diesem Spruch gehen sie weiter um das Sammet herum und schlagen die Wörter aus den Ähren, und der Müller macht Mehl draus und die Mutter den Teig, und sie knetet ihn und wellt ihn aus und belegt ihn mit Äpfeln, bis der alte Knecht endlich den Schlusstakt schlägt: Sie raffen das Stroh und binden es zu Ballen, fegen die Körner zusammen und legen die Ähren für den nächsten Drusch.

»Wie heißt ihr eigentlich«, fragt der junge Lohndrescher, als er sich zur Brotzeit neben dem Achtfingrigen und dem Flachsblonden hinter der Tenne ins Gras setzt.

Der Achtfingrige streckt ihm die verstümmelte Hand entgegen, die knochigen Stümpfe mit der ledrigen Haut darüber fühlen sich an wie die Wirbel eines Reptils. »Freunde nennen mich Krake.«

»Flegel«, sagt der blonde Drescher, gibt ebenfalls die Hand und grinst.

»Hallo. Ich heiße Porch.«

»Und?«, fragt Flegel. »Was hast du auf dem Herzen?«

»Wie kommst du drauf, dass ich was auf dem Herzen habe?«

»Weil du vor Neugier gleich platzt – oder siehst du immer so aus?«, sagt Flegel und Krake prustet ihm vor Lachen einen Mund voll zerkautem Brot aufs Hemd.

Porch saugt unwillkürlich die Backentaschen ein. »Ich seh immer so aus. Aber stimmt schon: Ich bin auch ein bisschen neugierig. Ich meine, was ihr gestern über den Bauern erzählt habt, dass er seine Frau im Stall gefangen hält … das war doch nur ein Scherz, oder?«

Krake zuckt mit den Schultern. »Wir können dir nur sagen, was man sich hier im Dorf so erzählt.«

»Und die Leute reden viel«, ergänzt Flegel. »Aber auch ein blindes Huhn, beziehungsweise ein ganzes Dorf voll blinder Hühner, kann ja zufällig das Körnchen Wahrheit aus der Masse der Märchen herauspicken.«

»Und wenn man alle Körner, die dieser Hühnerstall im

Kröpfchen gesammelt hat, zu einer Geschichte verbäckt«, sagt Krake, »dann macht unser Brotgeber eine ganz schlechte Figur. Du hast Recht, er war schon mal verheiratet, aber ob er jemals seine Pflichten als Ehemann erfüllt hat, weiß nur Gott allein; Kinder hat er jedenfalls keine. Und wenn du mich fragst, haben erst die Würmer die Ehe vollzogen, nachdem die alte Nattererin – Gott hab sie selig – sich zu ihnen unter die Krume gesellt hatte.«

»Mensch, Krake«, unterbricht Flegel: »Du bist ja ein Dichter.«

»Danke. Jedenfalls«, Krake wendet sich wieder an Porch, »der alte Natterer war trotzdem ein Mann, verstehst du? Mit allen Bedürfnissen des Körpers, die uns Gott zur Strafe auferlegt hat. Und er brauchte Hilfe auf dem Hof, klar, ist ein großer Hof, da braucht man Mägde, zum Kühe melken, für die Apfelernte, für dies und für das, und manchmal … eben auch für jenes. Und eine besonders große Hilfe in *jenen* Dingen«, Krake macht eine undeutliche Geste mit den drei Fingern der rechten Hand, »war ihm die gute Marthe. Ein echtes Prachtstück. Alle Burschen im Dorf waren hinter ihr her wie die Stiere hinter einer heißen Plesche, aber der Natterer war der Einzige, der bei ihr an die Zitzen durfte. Das gab natürlich böses Blut. Die Leute waren neidisch, warum der alte Sack, fragten sie sich, und nicht ich? Aber eins nach dem andern, erst mal das junge Glück zerschlagen, wer sich nachher der Scherben, also der Marthe, annimmt, kann man dann ja sehen.

Eines Tages stößt also jemand der Nattererin, als sie gerade zur Ernte auf dem Feld ist, Bescheid, dass sich ihr Herr Gemahl nicht im Stall, sondern bei der Arbeit im ehelichen Schlafzimmer befindet. Die Bäuerin will's zuerst gar nicht glauben, aber dann lässt sie doch den Rechen fallen. Sie kommt mit ihren Holzpantinen angelaufen, klipp-klapp, klipp-klapp, die Straße herunter und auf die Tür des Haupthauses zu. Ihr Mann hört die Schritte auf dem Hof. Wohin so schnell mit der Marthe?, denkt er. Aus dem Schlafzimmerfenster? Da weiden die jungen Stiere und werden sie zerfetzen. In den Schrank oder unters Bett? Dagegen sperrt sich die Marthe, die auch ihren trotzigen Stolz hat.

Bleibt dem Bauern also nichts übrig, als auf Zeit zu spielen. Er lässt die Marthe auf dem Ehebett sitzen. Er rennt rüber in die Wohnstube, schließt die Schlafzimmertür hinter sich ab, steckt den Schlüssel ein und betet. Lieber Gott, sagt er, mach, dass alles gut wird. Mach, dass meine Frau die Marthe nicht findet, dass ich ungeschoren davonkomme, egal wie. Wenn ich einen Vorschlag machen darf: Am besten wäre es, wenn meine Frau stirbt, damit ich die Marthe heiraten kann. Dann, lieber Gott, verspreche ich auch hoch und heilig, ihr bis ans Ende meiner Tage treu zu sein, Amen … Ganz schön viele fromme Wünsche auf einmal.«

»Allerdings«, bestätigt Porch. »Und dann?«

»Für das, was dann passiert ist«, sagt Flegel und schnippt Krake einen Brotkrumen ins Gesicht, »gibt es zwei Erklärungen. Erstens: Gott hat den Arsch offen. Oder zweitens: Der Teufel persönlich hatte seine Finger im Spiel – und der scheißt bekanntlich auf den größten Haufen. Wie auch immer, der alte Sack hatte unverschämtes Glück.«

»Wie man's nimmt«, Krake wiegt unschlüssig den Kopf. »Die Nattererin kommt jedenfalls in die Stube gerauscht und sucht aus den Augenwinkeln schon mal nach dem Schlachtermesser. Der Bauer zupft am Tischtuch herum, pfeift ein Kirchenlied und tut ganz erstaunt: ›So eine Überraschung, was machst du denn hier, ich denke, du bist auf dem Feld?‹ Die Bäuerin steuert unbeirrt auf die Schlafzimmertür zu. Ihr Hals ist so rot und geschwollen wie der eines Puterichs, und aus ihren Ohren kommen kleine Dampfwolken. ›Was willst du denn da drin?‹, fragt der Bauer scheinheilig. ›Bist du etwa schon müde? Du wirst dich doch nicht mitten am helllichten Tag hinlegen wollen?‹ Die Bäuerin würdigt ihn keines Blickes; sie drückt die Klinke herunter, abgeschlossen. ›Mach auf.‹ ›Was?‹, fragt der Bauer. ›Mach die vermaledeite Tür auf!‹, kreischt die Bäuerin. ›Aber ich hab doch keinen Schlüssel‹, sagt der Bauer. Die Bäuerin wendet sich angeekelt von ihm ab, geht in Richtung Herd, dann dreht sie sich mit einem Mal um, rennt auf die Tür zu und springt mit ihren 200 Pfund Lebendgewicht dagegen, sodass sie aus den Angeln bricht …«

»Aber welch Wunder«, sagt Flegel. »Es ist gar keine Magd mehr im Zimmer. Keine Frau, kein Mensch. Stattdessen … steht da eine Kuh. Ein prächtiges schwarz-weißes Fleckvieh mit glänzendem Fell und einem prallen Euter. Steht zwischen Wäschetruhe und Ehebett, schaut die Gattin mit großen Unschuldsaugen an und macht Muh.«

»Ihr wollt mich doch verarschen«, sagt Porch.

»Niemals«, sagt Krake. »War natürlich vor unserer Zeit.«

»Und die Bäuerin?«, fragt Porch. »Ihr habt gesagt, sie sei gestorben.«

»Auch da gibt es zwei Versionen«, sagt Flegel. »Nummer eins: Sie sieht die ehebrecherische Kuh im Schlafzimmer stehen und fällt auf der Stelle tot um. Nummer zwei: Sie lebt noch ein bisschen weiter, wird aber eine Woche später beim Melken so von der Marthe getreten, dass sie kurz darauf ihren Kopfverletzungen erliegt. Tja, und seitdem ist der alte Natterer mit der Kuh zusammen.«

»Flegel …«

»Hat sie nach Ablauf der Kondolenzzeit sogar geheiratet, wie versprochen. Ganz entzückend soll sie ausgesehen haben in ihrem Blumenschmuck, wie beim Almabtrieb. Nur als sie vor Nervosität mitten in der Kirche einen Fladen fallen gelassen hat, haben wohl ein paar Besucher den Kopf geschüttelt. Und weil der Ehering nicht über die Hufe passte, musste der Bauer ihn ihr durch die Nase ziehen.«

»Flegel!«

»Aber sonst war's wohl eine sehr schöne Hochzeit. Und so eine bezaubernde Braut. Schau sie dir ruhig mal an, du kannst sie nicht verfehlen. Es ist die Dralle mit den dunklen Flecken um die Augen und dem süßen Arsch …«

»Flegel!«, zischt Krake ein drittes Mal.

»Heiß ich, bin ich. Was gibt's?«

Krake deutet stumm mit dem Kinn über ihn hinweg. Flegel dreht sich um und sieht den Nattererbauern hinter sich stehen, und wenn die ganze Geschichte nicht erstunken und erlogen wäre, denkt Porch, dann müsste seine verstorbene Frau genauso ausgesehen haben, als sie damals in die Küche kam: das Gesicht in Flammen, die Augen so hervorgepresst, dass man denkt, sie könnten gleich herausfallen, seine Hände umklammern den Griff eines Dreschflegels. Hinter ihm steht der alte Knecht und kratzt sich mit dem Daumen am Kropf.

»Was drescht ihr da für leere Ähren?«, will der Bauer wissen.

Flegel blickt hilfesuchend zu Krake. Krake schaut auf seine Hände.

»Ich hab euch was gefragt. Wovon redet ihr?« Der Bauer geht einen Schritt nach vorne und schlägt hart mit dem Klöppel ins Gras.

»Schnitt ins Brot«, sagt Flegel mechanisch.

»Die Zungen sollt ich euch abschneiden«, sagt der Bauer. »Aber davor werdet ihr mir antworten. Verstanden?«

Krake hat die verbliebenen Finger der rechten Hand in die der linken gekrallt, als bete er um ein Wunder, so wie der Natterer es damals getan haben mag. Aber das ergibt ja keinen Sinn, denkt Porch, Wunder gibt es nicht, genauso wenig wie Menschen, die sich in Tiere verwandeln; eins steht fest, der Bauer wird uns verdreschen, solche unverhofften Rettungen gibt es nur im Märchen. Da ertönt mit einem Mal aus dem Stall gegenüber ein Ruf.

Zuerst nimmt Porch ihn gar nicht wahr. Erst als der Bauer den Dreschflegel sinken lässt und den Kopf wendet, hört er es auch: ein sehnsüchtiges Klagen, wie von einer Kuh, die das Euter drückt, oder von einem Menschen, den die Worte drücken, der sich nicht äußern kann, der presst und presst und alles, was aus der Kehle kommt, ist »Muh«.

Der Bauer beginnt zu schwanken wie ein Weizenfeld bei heraufziehendem Sturm, sein Kopf dreht sich hin und her zwischen den drei Lohndreschern, dem alten Knecht, der betreten seinen Hals knetet und so tut, als hörte er nichts, und dem Stall. Der Schrei ertönt wieder, diesmal lauter, fordernder. Der Bauer scharrt unschlüssig mit dem Fuß, dann nickt er dem Knecht zu und sagt: »Worauf wartet ihr? An die Arbeit.« Er geht Richtung Stall.

Krake, Flegel und Porch starren ihm nach. »Auf«, sagt der Knecht und schreitet voran in die Tenne. Die drei Drescher folgen ihm schweigend, als hätten sie ihre Zungen verschluckt. Außer ihren Dreschtaktsprüchen sagen sie für den Rest des Tages nichts mehr, und als sie abends nach der Arbeit zum Rabenwirt trotten, aus dem Hof hinaus, an der Weide entlang und vorbei an den Kühen, die das Gras des Tages wiederkäuen und die drei Menschen aus unbeweglichen Augen beobachten, sind sie ganz still; alles, was man hört, ist das gelegentliche Schnauben der Tiere und das Malmen ihrer Zähne und das Klappern von drei Paar Stiefeln auf dem sommerdürren Feldweg, klipp-klapp, klipp-klapp, klipp-klapp.

So mag er fallen

Graeme wollte seinen Bruder umbringen. Nur ein bisschen, so wie manche Leute einen Selbstmordversuch machen, aber nicht wirklich sterben möchten, sie nehmen zwanzig Aspirin und trinken eine Flasche Whisky, und am nächsten Morgen haben sie einen fürchterlichen Kater und lassen ab sofort die Finger vom Alkohol und sind überhaupt glücklichere Menschen, und ihre Freunde sagen dann, na, das war ja auch kein richtiger Selbstmordversuch, sondern nur ein Schrei nach Aufmerksamkeit. So oder so ähnlich wollte Graeme auch seinen Bruder ermorden, nur ein bisschen, nur eine Fleischwunde, nur ein Aspirin-und-Whisky-Mord, vielleicht ja auch, um ihn auf seine Probleme aufmerksam zu machen. Seine, Graemes, nicht die seines Bruders, wobei, was macht das schon für einen Unterschied, die Probleme der beiden waren so eng miteinander verknüpft wie ein Garnelennetz. Und das ist eines der engmaschigsten Netze, die es gibt.

Walross hat er an einem seiner spielfreien Tage kennen gelernt, unten an der Flussmündung, wo die alten Panzersperren aus dem Zweiten Weltkrieg herumliegen wie Zeugen eines riesigen Würfelspiels. Und vielleicht hatte auch bei diesem Treffen der Zufall seine Hand im Spiel, denn dass Graeme ausgerechnet, während er darüber nachdachte, seinen Bruder umzubringen, einen waschechten Mörder traf, ist schon bemerkenswert, Mörder gibt es selbst an diesem entlegenen Wurmfortsatz Europas nur noch ganz selten, wenn das nicht so komisch klingen würde, könnte man fast sagen, Mörder, das ist ein aussterbender Beruf.

Jetzt sieht Walross zwar nicht wie ein Gewaltverbrecher aus, er ist aber auch nicht gerade jemand, den man bitten würde, auf die Wertsachen aufzupassen, während man pissen geht. Er hat so ein schwammiges Gesicht, das von seiner Mimik wenig erkennen lässt, trägt die Haare glatt nach hinten gekämmt, was gepflegt wirken würde, wenn sie nicht immer so fettig wären, und selbst bei nasskaltem Novemberwetter wie an jenem Nachmittag trägt er grundsätzlich nur eine alte Schaffelljacke, darunter ein schmutziges T-Shirt, das ihm in regelmäßigen Abständen aus der Hose rutscht, sodass zwischen dem unteren Rand und dem Hosenbund seine riesige Wampe hervorragt.

Aber irgendwie scheint er auf Graeme eine merkwürdige Anziehungskraft ausgeübt zu haben, vielleicht weil er wirkt wie so ein Fels in der Brandung, bei dem man sich anlehnen und mal richtig ausheulen kann, oder vielleicht war es Graeme auch völlig egal, mit wem er ins Gespräch kam, solange ihm nur irgendjemand zuhörte. Jedenfalls ging Graeme an der Küste entlang Richtung Norden und Walross nach Süden, an der Flussmündung trafen sie aufeinander und irgendwie kamen sie ins Gespräch, oder was man so Gespräch nennt: Scheißregen, Scheißkälte, Zigarette?

Sie standen also rum und rauchten, und nichts gegen Graeme, aber ein bisschen ungeschickt ist er schon immer gewesen, denn während er rauchte, glotzte er Walross die ganze Zeit auf den Wanst. Er kann von Glück reden, dass Walross ihm nicht sofort eine verpasst hat, aber irgendwie hatte der wohl einen schwachen Tag, denn auch wenn er manchmal grob und unbeherrscht sein kann, ist er doch eigentlich ein empfindsamer Typ. Jedenfalls bemerkte er Graemes Blick, aber anstatt ihm eine zu knallen, steckte er sich die Kippe zwischen die Lippen, packte mit beiden Händen den Bund seiner Hose und zog ihn nach oben. In diesem Moment sah Graeme zum ersten Mal die Schrift.

»Was ist«, fragte Walross, dem das Gestarre dann doch allmählich auf die Nerven ging. »Willst du ein Foto von mir?«

»Nein«, stotterte Graeme. »Es ist nur … Ihre Finger.«

»Zehn Stück, den elften nicht mitgezählt.«

»Was auf ihnen draufsteht, meine ich.«

Walross warf seine abgerauchte Zigarette in den Sand, spreizte die Hände und guckte sie an, nachdenklich, wie etwas, das man vergessen hat und nach langer Zeit plötzlich wiederfindet. Dann streckte er sie Graeme entgegen. Auf jedem Finger, auf dem jeweils ersten Glied, stand blass ein Großbuchstabe. *MINOR* entzifferte Graeme auf den Fingern der rechten Hand. *MAJOR* auf der linken.

Leider ist Graeme keiner von den Hellsten, vielleicht ist er auch unmusikalisch oder war nie im Kirchenchor, jedenfalls hatte er keine Ahnung, was die Wörter bedeuteten. Aber weil Walross, wie gesagt, einen milden Tag hatte und weil es nicht oft vorkommt, dass sich jemand für seine Tätowierungen interessiert, demonstrierte er nicht gleich ihre Bedeutung, wie er das sonst getan hätte, sondern lieferte eine richtig schöne Erklärung, die gleiche, die er schon früher oft gegeben hatte, nur war er zu den meisten, die sie zu hören bekamen, danach nicht so nett gewesen wie an diesem Nachmittag zu Graeme.

»Nicht dass wir uns missverstehen«, sagte Walross und lächelte sogar ein bisschen, was man so Lächeln nennt, »ich bin ein friedfertiger Mensch.« Nur manchmal, er hob bedauernd die Schultern, sei er gezwungen, ein bisschen Musik zu machen. Und dann kämen diese beiden Instrumente zum Einsatz. »Funktionieren zwar ähnlich, aber der Klang, den sie erzeugen, ist ganz verschieden. Wenn ich dir hiermit eine verpasse«, er ballte die Hand, auf der *MAJOR* stand, zur Faust, »dann hörst du die Englein singen. Und die singen bekanntlich in Dur. Aber wenn ich hiermit zuhaue –«, er hob seine rechte Hand, größer und kräftiger als die andere, und begutachtete sie mit dem stolzen Blick eines Geigenbauers, der sein Meisterstück betrachtet, »– dann hörst du gar nichts mehr. Dafür hören deine Angehörigen bald ein ganz privates Kirchenkonzert. Und das ist garantiert in Moll.«

Das war für Walross' Verhältnisse ein ziemlich langer Monolog, deshalb schwieg er erst einmal bedeutungsschwer, und Graeme schwieg ebenfalls, aber nicht bedeutungsschwer, sondern nachdenklich, was zwar ähnlich klingt, aber doch ganz verschieden ist, weil das erste ein Schweigen ist, das darauf wartet, gebrochen zu werden, und das zweite eines, das so schnell nicht aufhört, zumindest dann nicht, wenn derjenige, der nachdenkt, Graeme heißt und nicht gerade einer der Hellsten ist. Denn wie man einen Mord begeht, zumal einen homöopathischen, davon hatte er trotz jahrelanger Berufserfahrung keine Ahnung. Und ob Walross ihm gerade die Wahrheit erzählt hatte und daher vielleicht weiterhelfen konnte, darüber war er sich auch nicht im Klaren. Erst als Walross sagte, der Musikunterricht sei beendet, Graeme auf die Schulter klopfte und ihm dabei fast das Schlüsselbein brach, entschied er sich dafür, die Geschichte zumindest für plausibel zu halten. Und dann tat er das, was Männer in einer Situation, in der das Gespräch versiegt, Zigaretten und Wetter schon durch sind, man aber trotzdem noch nicht nach Hause gehen möchte, häufiger tun: Er lud Walross zu einem Bier ein.

Jeder, der Walross kennt, weiß, dass es ein teures Vergnügen ist, ihn zu einem Bier einzuladen. Du hast das erste Bier noch nicht halb ausgetrunken, da holt er schon die zweite Runde und spendiert für jeden ein Gläschen Famous Grouse dazu, und wenn du dich dann mit einem Whisky revanchieren möchtest, bittet er dich, ihm doch auch noch ein Bier mitzubringen, weil sein Magen Whisky pur so schlecht verträgt. Deshalb zahlst du die nächste Runde Whisky und Bier, und dann wieder Walross, weil er nicht gerne was schuldig bleibt, und so weiter und so fort, jedenfalls saßen Graeme und er vier Stunden später immer noch in seiner Stammkneipe, dem Drunken Boat, und tranken abwechselnd Bier mit Whisky und Whisky mit Bier und ihre Gespräche wurden von Runde zu Runde vertraulicher.

Wenn Walross vertraulich wird, und das wird er, wenn überhaupt, frühestens nach fünf oder sechs Runden, dann zeigt er dir seine Tätowierungen. Nicht die auf den Fingerrücken, sondern die privaten: Er entblößt seinen linken Oberarm, deutet auf das Herz, die Rose und die Pietá und nuschelt was von Mutter, seiner Exfrau, und Maria und ihrem missratenen Sohn. Dann dreht er sich ein bisschen, so gut das im Sitzen eben geht mit so einer Wampe, schiebt seinen rechten T-Shirt-Ärmel nach oben und zeigt dir stolz sein Vereinswappen: ein Kleeblatt, grün und fein geädert. Darüber steht: *The Celtic Football Club,* darunter: *1888.*

Graeme hat keine Tätowierungen, dafür redet er gerne über seine frühkindlichen Prägungen, zumal nach fünf oder sechs Runden. Das sei irgendwie vergleichbar, behauptet er dann und erzählt dir unweigerlich von diesem Spiel, das er früher immer mit seinem Bruder gespielt habe, offenbar ist ihm das so unter die Haut gegangen, dass er immer wieder damit anfangen muss, obwohl die Sache nun wirklich schon lange passé ist, und insofern ist der Vergleich mit den Tätowierungen vielleicht doch nicht so schlecht, Walross würde das Herz mit den Initialen seiner Exfrau bestimmt auch gerne loswerden.

Dabei war das Spiel gar nicht so schlimm, ein bisschen langweilig vielleicht, vor allem für Graeme, er musste in seinem Zimmer rumsitzen und dabei zuschauen, wie sein Bruder ihm den Hamlet machte. Der Bruder kam zur Tür reingewankt, als sei er gerade erstochen worden, oder wie man sich das als Kind so vorstellt, wenn jemand erstochen wird, mit einem Kochlöffel mitten ins Herz, das irgendwo unter der Armbeuge liegen muss, er röchelte: »Vater! Mutter! Ich sterbe!«, und starb. Das war der ganze Text.

»Hm«, sagte Walross. »Komisches Spiel.«

»Das war ja noch nicht alles.«

Dann kam nämlich der interessantere Teil, zumindest für Graeme. Er war der Regisseur und durfte seinem Bruder sagen, wie er seinen Tod als Nächstes zu spielen habe: traurig, hungrig, verschlafen, was man als Kind an Gemütszuständen so kennt. All das musste sein Bruder in diese paar Wörter legen, und auf diese Weise starb er über die Jahre hinweg unzählige Tode, immer die, die Graeme ihm zugedacht hatte.

»Du musst das irgendwie böser spielen.«

»Böser. Gut.«

»Ein bisschen wütender.«

»Hm.«

»Total besoffen.«

»Kannst du haben.«

»Als riesengroßes Arschloch.«

»Kein Problem.«

Bis zu jenem Tag, als Graeme vorschlug, sein Bruder solle doch auch einmal lustig sterben, lachend womöglich, der Tod könne schließlich auch eine sehr komische Sache sein.

Mit diesem Vorschlag konnte sein Bruder überhaupt nichts anfangen. Und weil er manchmal ein bisschen maulfaul war, brachte er seine Meinung dadurch zum Ausdruck, dass er Graeme so lange in den Schwitzkasten nahm, bis dieser vor Atemnot blau anlief, sich mit letzter Kraft entschuldigte, das »lustig« zurücknahm und überhaupt versprach, nie wieder solche blödsinnigen Regieanweisungen zu geben. Mit diesem Streit, sagte Graeme, sei seine Regisseurslaufbahn praktisch beendet gewesen. Von diesem Tag an musste er alle Vorschläge vorher mit seinem Bruder abstimmen, so lange, bis dieser schließlich das Sagen hatte. Und obwohl sie seitdem in ziemlich vielen anderen Stücken gespielt hätten, sei es bei dieser Rollenaufteilung im Großen und Ganzen geblieben.

»Wie«, fragte Walross, der gegen Ende nicht mehr richtig zugehört hatte, »du bist Schauspieler?«

»Na ja«, sagte Graeme vorsichtig. »Schon.«

»Sein oder nicht sein!«, deklamierte Walross, hob sein Glas und prostete ihm zu. Graeme werde das wahrscheinlich nicht glauben, aber er habe auch schon einmal auf der Bühne gestanden, anno 53 in Craigluscar, damit meinte er vermutlich seinen Auftritt beim örtlichen Krippenspiel, bei dem er den Häscher des Herodes verkörpert hatte, und diese Kindheitserinnerung brachte ihn dermaßen in Wallung, dass er zur Feier des Tages die nächste Runde spendierte, obwohl die Reihe eigentlich an Graeme gewesen wäre.

Graeme fühlte sich von dem Vertrauen und dem Respekt, die ihm entgegengebracht wurden, geschmeichelt, so sehr, dass er nicht widersprach, als Walross lauthals allen Umstehenden verkündete, sie hätten heute einen richtigen Künstler zu Gast, einen Schauspieler vom Theater. Ein paar Gäste erkundigten sich nach seinem Nachnamen, einige glaubten, ihn schon mal irgendwo gelesen zu haben, und das war durchaus möglich, denn Graemes Bruder legte großen Wert darauf, dass sein eigener Name auf allen Plakaten gut leserlich erschien.

Aber da Graeme zu Recht davon ausging, dass keiner der Anwesenden je im Theater gewesen war, ließ er sie in dem Glauben, er sei ein bedeutender Schauspieler; es wäre auch zu kompliziert gewesen zu erklären, dass sein Bruder und er nur ein freies Ensemble betrieben, dass sie natürlich keinen festen Auftrittsort hatten, geschweige denn ein Theater, sondern meistens durch die Gemeindezentren und Stadthallen der Provinz tingelten, oft über Monate, so lange, bis sie nur noch in Zitaten redeten, und dass sein Bruder, da er der Regisseur der Gruppe war, Graeme nur kleine Statistenrollen spielen ließ: den einfachen Fußsoldaten, den Diener, den Junker, der eine aufs Maul kriegt, natürlich meistens von ihm, seinem Bruder.

Das alles war auch für einen Moment vergessen, Walross legte seinen verschwitzten Arm um Graemes Schultern und prophezeite ihm eine große Zukunft, »unten im Süden«, sagte er und meinte damit Edinburgh, oder bei der Royal Shakespeare Company oder sogar in Hollywood, so kumpelhaft, sagten ein paar Stammgäste später, hätten sie Walross schon lange nicht mehr gesehen, vielleicht nicht seit 1967, als Celtic im Europapokalfinale gegen Inter Mailand gewann und Walross morgens um drei die Statue von Königin Viktoria umarmte, im Glauben, sie sei der Trainer.

Aber ein paar Karriereprognosen später stellte Walross dann doch die unvermeidliche Frage, die Frage, vor der Graeme schon insgeheim gezittert hatte: bei was für einem Stück er gerade mitspiele. Und natürlich, welche Rolle er darin habe.

»*Macbeth*«, sagte Graeme nach kurzem Zögern.

»Du spielst die Hauptrolle?«

»Nicht ganz.« Graeme starrte betreten in sein Bierglas. Denn dass er in diesem Stück nur eine winzige Statistenrolle hatte und ansonsten für Kasse, Kulissenschieben und Requisiten zuständig war, das konnte er jetzt, da ihm so schmeichelhafte Komplimente gemacht worden waren, schlecht zugeben.

»Wen denn dann?«

»Das ist schwierig zu erklären. Die Figur, die ich spiele, hat keinen richtigen Namen. Das ist eher so eine geheimnisvolle Rolle. Ein Mörder.«

»Wirklich?«, fragte Walross, und Graeme wusste nicht recht, schaut er jetzt spöttisch oder bewundernd?, wie gesagt, Walross hat diese dicken Polster im Gesicht, die von dem, was in ihm vorgeht, nicht viel durchdringen lassen.

»Aber dafür spreche ich den wichtigsten Satz im ganzen Stück.«

»Hm.«

»Zumindest einen der düstersten. Das ist sowieso eine ganz unheimliche Szene. Würde dir gefallen.«

»Meinst du?«

»Pass auf«, sagte Graeme und schob sein Bierglas zur Seite: »Das bin ich.« Er stellte zwei leere Whiskygläser daneben. »Das sind meine Komplizen, Gordon und Hamish.«

Dann begann er seinen Auftritt zu beschreiben, und es war schon bezeichnend, dass er dafür leere Gläser genommen hatte, denn was Graeme da erzählte – wie er und seine Kollegen jeden Abend um die gleiche Zeit in einer staubigen Bühnenecke auf der Lauer liegen mussten, wie sie nichts anderes zu tun hatten als still dazusitzen und auf ihr Opfer zu warten, und wie sich das Opfer mit seinem Auftritt dann auch noch reichlich Zeit ließ – das hörte sich verdammt trocken an. Aber als Graeme die traditionellen Kostüme beschrieb, die sie dabei tragen mussten, Kilts, Sporrans, wollene Plaids und knielange Strümpfe aus Schafswolle, in denen rechts ein Spielzeugmesser steckt, da fühlte sich Walross schon wieder an seine Kindheit in Craigluscar erinnert, genau so ein Kostüm habe er damals auch tragen müssen, und ja, er wisse nur noch zu gut, wie diese Strümpfe jucken können, und zu allem Elend dürfe man sich auf der Bühne nicht kratzen.

»Schrecklich«, sagte Graeme, »nicht wahr? Und weißt du was? Ich bin mir sicher, dass mein Bruder mit seinem Auftritt immer besonders lange wartet. Weil er weiß, dass ich vor Juckreiz fast wahnsinnig werde.«

»Dein Bruder spielt auch mit?«

»Er ist der, den wir ermorden wollen.«

»Und lässt euch einfach so warten?«

»Hm.«

»So ein Bastard«, brummte Walross.

»Da sagst du was.« Graeme nahm Walross' halbvolles Glas und schob es in die Tischmitte. »Aber pass auf, er kriegt schon noch seine gerechte Strafe. Wenn er meint, dass er uns lange genug hat zappeln lassen, kommt er irgendwann doch. Er bleibt in der Bühnenmitte stehen und guckt blöd Richtung Decke, so als würde er Wolken sehen oder böse Vorahnungen haben oder beides. Dann sagt er: ›'s kommt Regen noch zur Nacht.‹ Das ist mein Stichwort. ›So mag er fallen!‹ brülle ich, ziehe den Dolch aus meinem rechten Strumpf und springe aus meinem Versteck. ›Weh mir!‹, schreit mein Bruder, ›Verrat!‹, und hebt seinen linken Arm. Ich ramme ihm meinen Plastikdolch mit voller Wucht zwischen Brustkorb und Achselhöhle. Mein Bruder lässt den Arm wieder fallen, und Hamish entreißt ihm die Laterne, die er in der anderen Hand hält, das ist einerseits irgendwie symbolisch, weil die Laterne für sein Lebenslicht steht, aber andererseits auch ganz praktisch, sie ist nämlich ziemlich zerbrechlich. Mein Bruder fasst sich mit der freigewordenen Hand in die Herzgegend. Dann fällt er mit einem Aufschrei in sich zusammen und stirbt. Das macht er ganz gut, was aber kein Wunder ist, im Sterben hat er ja Übung.«

»Hm«, machte Walross und schwieg. Als er merkte, dass die Geschichte zu Ende war, griff er nach seinem Glas. »Und welches war jetzt der wichtigste Satz?«

»›So mag er fallen‹ natürlich. Weißt du, was ich meine?«

Walross nahm einen Schluck. »Nein.«

»Verstehst du denn nicht? Mein Bruder macht eine dämliche Wettervorhersage, und ich sage zu ihm: Vergiss es. Was kümmert dich das Wetter, wenn du bald an einen Ort kommst, wo es immer warm ist? Und wenn ich ihn dann ersteche, dann regnet es tatsächlich, dann fällt sein Blut und dann fällt auch mein Bruder, alles stürzt zu Boden und verrottet und wird zu Asche und Staub. Verstehst du?«

Walross hatte noch immer keine Ahnung, worauf Graeme hinauswollte, merkte aber, dass ihm die Sache irgendwie zu Herzen ging, deshalb nickte er, brummte: »Asche, Staub, klar«, schälte sich aus seiner Sitzecke und kam mit einer Trostrunde zurück, aber das konnte Graeme auch nicht mehr aufmuntern. Im Gegenteil, er gehört zu jenen Menschen, die schnell traurig werden, besonders nach sechs oder sieben Runden, andere rennen dann ständig aufs Klo, Graeme fängt an zu heulen, so was hatte Walross noch nie gesehen, dass ein erwachsener Mann ohne guten Grund einfach losflennt, und gute Gründe gab es für Walross erst ab einer ordentlichen Fleischwunde aufwärts.

»Kumpel«, sagte Walross und strich sich über den fettigen Schnurrbart. »Was ist denn los? Ist doch nur Theater, oder?«, und es war nicht ganz klar, ob er damit Graemes Auftritt im Drunken Boat meinte oder den, den er gerade beschrieben hatte, auf der Bühne.

Graeme schluchzte ein kaum hörbares Nein, und das mochte als Antwort für beide Möglichkeiten gelten, denn danach brabbelte er noch etwas von »ernst« und »Lebenszweck« und allerhand wirres Zeug über das Verhältnis zwischen Kunst und Wirklichkeit, wie auf der Bühne so auf Erden und umgekehrt, und deshalb müsse er seinen Bruder ermorden, zumindest ein kleines bisschen.

»Bisschen gestorben ist auch tot«, sagte Walross, der im Suff zum Sentenzenhaften neigte. Und weil Graeme daraufhin schon wieder nicht den Mund aufkriegte, außer, um hin und wieder einen Schluck Trostbier zu trinken, und weil Walross trotz allem ein moralischer Kerl ist, hakte er noch einmal nach. Weshalb Graeme seinen Bruder umbringen wolle, fragte er, jemanden ermorden, schön und gut, könne man machen, aber ein Motiv müsse schon dabei sein, das kann dir jeder Richter erklären und das solltest du als Mörder auch wissen.

Über diese Frage dachte Graeme gründlich nach, und so

langsam riss Walross wirklich der Geduldsfaden, Graeme kann einen schon in den Wahnsinn treiben mit seiner Art, wie er die Stirn in Falten legt und sich die Lippen leckt und seufzt und tief Atem holt, dass du meinst, jetzt gibt er dir gleich eine Antwort, aber dann kommt doch wieder nichts, stattdessen wieder das gleiche Spielchen von vorne, Stirnrunzeln, Lippenlecken, Seufzen, Atemholen, und du kannst dir vorstellen, dass in Graemes Kopf abendfüllende Monologe gehalten werden, vielleicht sogar ganz unterhaltsame, mitreißende, aber das wirst du nie erfahren, weil er ja nur schweigt und guckt und seine Lippen befeuchtet und gelegentlich mit den Schultern zuckt.

Dabei hätte er sehr wohl etwas zu sagen gehabt. Neid, Eifersucht, Rache, das sind zwar niedere Motive, aber doch immerhin Motive, und wenn du deinem älteren Bruder zeitlebens alles nachgemacht hast, angefangen mit der Geburt über den Kindergarten bis hin zur Schule und zum Fußballverein, und wenn du dabei immer als zwar irgendwie ähnliche, aber doch eher misslungene Kopie deines Vorgängermodells gehandelt worden bist, dann kannst du schon mal niedere Gefühle entwickeln, vor allem, wenn dein Bruder dich für deine ständige Nachäfferei verachtet. Wenn du allerdings einer von den Helleren bist, gehst du, sobald du mit der Schule fertig bist, eben andere Wege, statt weiter zu Hause rumzuhängen und Stempeln zu gehen und auf ein eigenes Leben zu warten, vor allem aber wartest du nicht, bis dein Bruder eine Theatergruppe gründet und fragst ihn dann, ob du auch mitmachen darfst.

Doch so ist der gute Graeme nun mal, und vielleicht hätte er das irgendwann einem Seelendoktor erzählen sollen oder wenigstens Walross, der auch schon so manchen von seinen irdischen Leiden geheilt hatte und außerdem auf eine verdammte Antwort wartete. Weil Graeme aber schwieg, sagte Walross, so ganz ohne Motiv würde er von einem Mord eher abraten, wo Gott einen hingestellt habe, dort solle man tätig werden, er selbst habe seit vierzig Jahren nicht mehr auf der Bühne gestanden, und im Gegenzug solle Graeme nicht einfach jemanden umbringen, weder ganz noch ein bisschen, er möge sich doch einfach damit zufrieden geben, dass er seinen Bruder wenigstens auf der Bühne abmurksen dürfe.

»Das ist es ja«, sagte Graeme.

»Was?«

»Er lässt sich nicht mehr abmurksen.«

»So ein Bastard«, sagte Walross noch einmal, eigentlich nur, um das mühsam wieder hochgepäppelte Gespräch am Laufen zu halten, es klang nicht so überzeugt wie zuvor, aber es funktionierte.

Vergangenen Sonntagabend, fuhr Graeme fort, da habe es angefangen. Hamish und Gordon und er hätten wie immer im Dunkeln gesessen und auf ihren Auftritt gewartet, eine halbe Ewigkeit habe das gedauert und er habe sich schon denken können, dass an diesem Abend etwas schief gehen werde, denn seine Strümpfe, die hätten schlimmer gejuckt denn je.

»Und Tatsache. Endlich höre ich die Schritte aus dem Off. Aber irgendwie sind sie langsamer, schwerer als sonst. Außerdem ist da noch ein anderes Geräusch, so ein komisches Schaben, wie Metall, das über Holzdielen geschleift wird. Mein Bruder kommt auf die Bühne. Er stellt seine Laterne ab. Und dann stützt er sich auf den Knauf eines Requisits, das ich vorher noch nie gesehen habe.

›Verdammte Scheiße‹, flüstere ich Hamish und Gordon zu. ›Wo hat er dieses riesige Schwert her?‹ Mein Bruder tut so, als wäre nichts, er streckt den Arm aus, dreht den Handteller nach oben und legt den Kopf in den Nacken. Dann schaut er herausfordernd zu unserem Versteck rüber, packt das Schwert mit beiden Händen und sagt seinen Satz. ›’s kommt Regen noch zur Nacht.‹ ›Was machen wir jetzt?‹ flüstere ich meinen Komplizen zu. ›Na, was wohl?‹, sagt Hamish. ›Das Gleiche wie jeden Abend, du rennst los und greifst ihn an.‹ ›Siehst du denn nicht, dass er übergeschnappt ist? Außerdem ist er bewaffnet.‹

Als sich in unserem Versteck nichts rührt, beginnt mein Bruder zu improvisieren, er erzählt irgendwas von Schwalben, die heute tief fliegen, vom Mond, der einen Hof hat, von seinem wetterfühligen Knie, das ihn noch nie getäuscht habe, und jetzt gerade versuche es ihm laut und deutlich zu sagen, dass eine Schlechtwetterfront im Anmarsch sei. ›Beweg deinen Arsch‹, flüstert Gordon. ›Oder hast du etwa Angst?‹«

Das sei natürlich Quatsch gewesen, sagte Graeme. Und weil er so eine Unterstellung nicht auf sich habe sitzen lassen können und weil es ja auch irgendwie habe weitergehen müssen, sei er eben aufgestanden und habe seinen Satz gesagt.

»›So mag er fallen!‹«, ergänzte Walross.

»Genau. Aber weißt du was? Mein Bruder hat ihn mir einfach kaputtgemacht.«

»Den Satz?«

»Hm.«

»Wenn ich den in die Finger kriege«, brummte Walross, ließ aber offen, ob er seine Dur- oder seine Moll-Finger meinte, und was dann.

»Zunächst ging es weiter wie immer. Mein Bruder schreit: ›Weh mir! Verrat!‹, und tut ganz überrascht, ich zücke meinen Dolch und renne auf ihn zu. Aber bevor ich auch nur die geringste Chance habe, ihn zu erstechen, fängt er an, sich wie ein Wahnsinniger mit dem Langschwert in der Hand im Kreis zu drehen. Die Fliehkraft zieht die Klinge nach oben und ich kann gerade noch ausweichen, bevor sie mich erwischt. Ich drehe mich nach meinen Mitmördern um, aber die stehen nur nutzlos in der Gegend herum und stochern mit ihren Plastikmesserchen in Richtung meines Bruders. ›So mag er fallen!‹, brülle ich ihnen zu, aber sie trauen sich nicht an ihn ran. Mein Bruder rotiert derweil über die Bühne wie eine losgerissene Schiffskanone bei schwerem Seegang, völlig außer Kontrolle. Ich wiederhole meinen Satz, diesmal in Richtung des Schnürbodens, aber nichts passiert, kein Regen fällt herab, kein Vorhang, auch kein von einem barmherzigen Gott oder Bühnenarbeiter losgeschraubter Scheinwerfer, um meinem Bruder den dämlichen Schädel einzuschlagen.

Irgendwann ist ihm wohl schwindelig geworden, oder langweilig, was weiß ich. Jedenfalls wurden seine Umdrehungen langsamer, sein Schwert senkte sich. Er taumelte und stürzte, wie ein Kreisel, der allmählich zum Stehen kommt. Dann blieb er liegen und war tot.«

Die Erinnerung an diese Szene schien Graeme schwer mitzunehmen, vielleicht wollte er sie auch nur in ihrer ganzen Dramatik demonstrieren, er sackte unvermittelt mit dem Oberkörper vornüber auf den Tisch, als wäre er es, der gerade gestorben war. Bier- und Whiskygläser fielen um und auf den Boden, einige zersplitterten, Famous Grouse und abgestandenes Ale spritzten über Walross, seine Jacke, das T-Shirt und die Wampe.

Jetzt gibt es ein paar einfache Regeln, wenn du mit Walross trinken gehst. Erstens, verschütte niemals sein Bier. Zweitens, wenn du es doch tust, dann auf gar keinen Fall über seine Klamotten. Wenn du aber drittens blöd genug bist, gleich mehrere Gläser auf einmal zu verschütten und dabei Walross so einzusauen, dass er aussieht, als wäre er ins Hafenbecken gefallen, dann lass ganz schnell Geld für eine neue Runde auf dem Tisch liegen und mach, dass du wegkommst, egal, ob ihr vorher Brüderschaft getrunken habt oder beste Freunde seid oder verheiratet oder sonst was.

Aber auch im Drunken Boat gibt es Regeln. Denn selbst wenn das Boat ein Anlaufpunkt für Trinker, Zocker und Totschläger ist, so ist es doch eine Kneipe, in der man nicht einfach gute Getränke in der Gegend rumschmeißt, und deswegen hatte Graeme ganz einfach keine Chance, eine von Walross' Trinkregeln zu beherzigen, selbst wenn er sie gekannt hätte. Er stand schneller auf der Straße, als man »Rauswurf« hätte sagen können, und weil der Wirt Sippenhaft walten ließ, stand Walross daneben und war ziemlich mieser Laune, klar, wenn du dreißig Minuten vor Sperrstunde nass und durstig aus deiner Stammkneipe fliegst, bist du natürlich sauer. Und zu allem Überfluss fing es auch noch an zu regnen.

Das war einerseits ganz normal, weil es im November im Nordosten von Schottland eigentlich immer regnet. Andererseits war es aber vielleicht auch irgendwie symbolisch, denn genau in diesem Moment – zumindest schien es Walross und Graeme so, als sei es in diesem Moment gewesen, wenn du so viel getrunken hast wie die beiden an diesem Abend, kann sich ein- und derselbe Augenblick über Minuten oder sogar Stunden hinziehen –, während Graeme und Walross also vor dem Boat auf der Straße standen und vom Regen durchweicht wurden und ihre Stimmung mit jedem Regentropfen schlechter wurde, erschien aus dem Dunkel des St. Nicholas-Quai Graemes Bruder.

Wie gesagt, im Umgang mit Menschen ist Graeme ein bisschen tapsig. Aber das kommt nicht von ungefähr, das kann in der Familie liegen, in den Genen oder der DNA-Strippe oder sonst wo, aber auch daran, dass er seinem Bruder immer alles nachgemacht und deshalb eben auch seine schlechten Eigenschaften übernommen hat. Mit anderen Worten, Graemes Bruder war auch nicht der Sensibelste. Und es war sicher nicht der Gipfel des Taktgefühls und der Klugheit, sich über Walross lustig zu machen, besonders, wenn der gerade schlechter Laune und betrunken war und seine Beißhemmung daher niedriger als sonst, das war taktund intelligenzmäßig eher so wie das Flachland westlich von Dunfermline, die Gegend, wo Walross ursprünglich herkommt.

»Hallo, Nachgeburt«, säuselte Graemes Bruder. »So spät noch auf den Beinen?«

»Siehst du doch.«

»Und wer ist dein dicker Freund?«

»Bist du der Bruder?«, fragte Walross.

»Wenn man ihn für ein eigenständiges Wesen hält: Ja. Und du? Bist du sein neuer Fechtlehrer?«

»Geht dich das was an?«

»Sprecherzieher vielleicht?«

»Gleiche Antwort«, grunzte Walross, und spätestens jetzt hätte Graemes Bruder das Thema wechseln müssen, Walross erklärt Sachen nämlich nicht gern dreimal.

»Was machst du dann?«

»Ich bin Musiker«, sagte Walross und nahm die Hände aus den Taschen seiner Schaffelljacke.

»Hört, hört.« Graemes Bruder lachte. »Mein Brüderchen und seine Boheme-Freunde.« Und dann begann er zu spekulieren, was für ein Instrument Walross wohl spiele: Geige vielleicht? Cello? Doch eher Posaune? Oder sei er womöglich ein alternder Rockstar, ja, das müsse es sein, irgendwie erinnere er ihn an so einen Song, rein äußerlich, sechziger Jahre, nicht sagen, es liege ihm auf der Zunge, da-dub, da-dub, da-dub, da-dub, da-ha-ha, während er nachdachte, starrte er Walross permanent auf den Wanst, und dann kam er drauf.

»Aaaaaah!«, rief er. »Du bist dieser Typ von *I Am the Walrus*. Stimmt's?«

Wer weiß, was Graemes Bruder sich bei diesem Witz gedacht haben mag, Walross konnte jedenfalls nicht drüber lachen. Was seinen Bauch angeht, ist er, wie gesagt, sehr empfindlich, das hatte sogar Graeme kapiert, das hätte auch sein Bruder ahnen können, und natürlich nennen ihn alle Walross, aber doch nur hinter seinem Rücken, was passiert, wenn man ihm das ins Gesicht sagt, hatte noch nie jemand gewagt auszuprobieren, und zwar aus gutem Grund.

Aber es gibt immer ein erstes Mal, das ist auch so einer von Walross' Sprüchen. Und ein zweites Mal wird es so schnell nicht geben, Walross ist nicht mehr der Jüngste, und bis er wieder rauskommt, wer weiß, ob er dann noch so kräftig zuschlagen kann. Ein Aspirin-und-Whisky-Mord war das jedenfalls nicht, das war schon der echte Artikel, einmal zack auf die Zwölf und Vorhang, das ging so schnell, dass Graeme fast nichts davon mitbekam, er hörte nur einen dumpfen Schlag und ein Knacken und das Klatschen eines Körpers, der ins Hafenbecken fiel, und eine Woche später ein Orgelkonzert in der St. Machar's-Kathedrale, in Moll, genau wie Walross gesagt hatte.

Dafür, dass er immer so nah am Wasser gebaut hatte, wirkte Graeme bei der Beerdigung sehr gefasst – wenn Walross nicht in Untersuchungshaft säße und daher schlecht auf ihn zu sprechen wäre, würde er sicher stolz auf ihn sein. Und seit Graeme bei seiner Theatergruppe die Regie übernommen hat, ist er sogar richtig aufgeblüht, selbst den Hass und den Neid auf seinen Bruder scheint er überwunden zu haben.

»Er war ein richtig guter Schauspieler«, sagt er gerne, wenn er jetzt manchmal auf ein Glas im Drunken Boat vorbeikommt. Nur sein letzter Abgang sei ein bisschen schwach gewesen, kein »Weh mir!«, kein »Das Grauen, das Grauen«, kein »Der Rest ist Schweigen«, einfach nur bums, aus und tot, und das nach all den Jahren der Vorbereitung, da, sagt Graeme, habe er von seinem Bruder schon etwas mehr erwartet.

Kopfteil

»Für mich?« Ich blicke zu Thea, sie nickt, der Bommel ihrer Zipfelmütze hüpft unruhig auf und nieder. Ich lege den Koran, den ich gerade ausgepackt habe, beiseite und nehme das Päckchen, das Thea mir hinhält, entgegen. Das Papier knistert, der Inhalt ist weich, Stoff oder Wolle, ein Pullover vielleicht oder eine Tagesdecke. Als ich das Päckchen näher betrachte, sehe ich, dass Thea auf die Wipfel der Weihnachtsbäume, die auf das Geschenkpapier gedruckt sind, lauter kleine Halbmonde gezeichnet hat. »Danke.«

Thea klopft ungeduldig mit der Rute in ihre geöffnete linke Hand. »Pack aus«, sagt sie. »Ich will sehen, ob sie dir steht.«

Ich beginne, vorsichtig die Tesafilmstreifen vom Papier zu lösen. Hin und wieder werfe ich einen misstrauischen Blick auf Thea. Seit unserem Adventsstreit ist nicht mit ihr zu spaßen. Obwohl es eigentlich nur um eine Lappalie ging, genauer gesagt, um ihre Zipfelmütze und die Rute. Vor einer Woche hat sie beide zum ersten Mal getragen und seitdem nicht wieder abgelegt. Selbst beim Schlafengehen behält sie die Mütze auf dem Kopf, die Rute legt sie unter das Kopfkissen, ich weiß, sie macht das aus Trotz. Sie macht das nur, weil ich sie gebeten habe, die Sachen nicht zu tragen. Jedenfalls nicht im Büro.

»Bitte«, habe ich sie angefleht, als sie sich vergangenen Freitag auf den Weg zur Arbeit machte. »Tu mir das nicht an.«

»Warum denn nicht?«

»Weil … weil diese Zipfelmütze bescheuert aussieht. Musst du jeden Mummenschanz, den uns die Konsumgesellschaft verordnet, mitmachen?«

»Ich muss nicht. Aber wer will, der kann. Und ich will.«

Ich sprang vom Frühstückstisch auf, warf die Zeitung in die Butter und folgte Thea in den Flur.

»Aber … ist es dir egal, dass du dich vor deinen Kollegen lächerlich machst?«

Das war, zugegeben, eine scheinheilige Frage. Denn natürlich war nicht sie es, um die ich mir Sorgen machte, ich selbst war es, dem es peinlich war, wenn Thea in dieser dämlichen Verkleidung zur Arbeit ging. Nicht, weil sie sich damit vor irgendjemandem hätte blamieren können, sondern weil ich Angst hatte, dass einer ihrer Kollegen denken könnte, ich würde einen solchen Unsinn sanktionieren, würde meine Freundin in diesem Aufzug womöglich attraktiv finden, und weil ich daher fürchtete, dass die Peinlichkeit, die ich beim Tragen einer solchen Verkleidung empfunden hätte, auf mich abfärben könnte, dass ich sozusagen per Randmakel letztlich der Blamierte wäre.

Thea verzog das Gesicht. »Du kannst ganz beruhigt sein, ich werde dir keine Schande machen. Heute kommen nämlich alle im Weihnachtsoutfit.«

»Alle?«

»Normalerweise ist freitags ja Jeans-Day. Aber aufgrund der Adventsstimmung, die die Sensibleren unter uns erfasst hat, haben wir diesen Freitag in einen Dress-up-for-Christmas-Day umgewandelt.«

»Dress-up-for-Crucifixion«, brummte ich.

»Wie bitte?«, sagte Thea scharf.

»Ich hab nur gesagt: Schön für euch. Weil ihr zur christlich-konservativen Mehrheit gehört.«

»Was soll das denn heißen?« Thea stieß ärgerlich Luft durch die Nase, überprüfte im Flurspiegel ein letztes Mal den Sitz ihrer Zipfelmütze und wandte sich zum Gehen.

»Findest du es etwa gerecht, dass du als christlich konditionierte, kaukasisch-konforme Durchschnittsfrau so albern rumlaufen kannst, wie du willst, während andere, weniger dem faden Geschmack der Massen entsprechende Mitbürgerinnen aufgrund ihrer Kleidung keinen Job bekommen?«

Thea, die gerade die Tür hatte öffnen wollen, erstarrte in ihrer Bewegung. »Was willst du damit sagen?«, fragte sie langsam, ohne sich umzudrehen.

»Na ja«, sagte ich. »Ihr guten Christenmenschen dürft heute fröhlich mit Zipfelmützen im Büro erscheinen – aber eure muslimischen Kolleginnen würden, wenn sie mit dem Kopftuch kämen, wahrscheinlich sofort ihre Stelle verlieren.«

Thea rührte sich nicht. Nur daran, dass ihre Hand, die den Türknauf umklammerte, allmählich weiß wurde, konnte ich erkennen, dass sie mir zuhörte.

»Alles, was sich gegen das Kopftuchtragen im öffentlichen Dienst sagen ließe, trifft genauso auf die Zipfelmütze zu«, fuhr ich fort. Wenn sie, Thea, heute mit der Zipfelmütze zur Arbeit gehe, dann verstoße sie damit ganz eindeutig gegen die religiöse Neutralitätspflicht, der sie als deutsche Beamtin unterliege – verweise die Zipfelmütze doch auf das Weihnachtsfest und bevorzuge damit auf unzulässige Weise das Christentum. Darüber hinaus, sagte ich, sei das Tragen einer Zipfelmütze mit der grundgesetzlich verankerten Gleichberechtigung von Mann und Frau unvereinbar. Die Zipfelmütze sei das traurige Relikt einer überwunden geglaubten patriarchalischen Weltordnung, denn sie sei ein spezifisch männliches Kleidungsstück, das nur dazu geschaffen sei, den Mann größer zu machen als die Frau, von den tiefenpsychologischen Implikationen des oben angebrachten Zipfels ganz zu schweigen.

»Und drittens, und vielleicht am schlimmsten«, sagte ich: »Das Rutenbündel, das du da trägst – jahrtausendealtes Zeichen faschistischer Willkür. In einer deutschen Behörde sollte es undenkbar sein, mit so etwas in der Hand zur Arbeit zu erscheinen. Wenn es nach mir ginge …«

»Bist du fertig?« Thea ließ die Türklinke los. Sie drehte sich zu mir um. Als sie mir ins Gesicht blickte, sah ich, dass sie lächelte.

»Fast. Eigentlich schon. Ja, und?«, fragte ich. »Was denkst du?«

»Nun«, sagte Thea. »Ich denke, dass es ganz gut ist, dass es *nicht* nach dir geht. Ich denke, dass deutsche Lehrer bald mit Pickelhaube und Swastika unterrichten dürften, wenn es nach dir ginge. Gott sei Dank« – sie hob die Augen zum Himmel und schlug mit dem gestreckten Mittelfinger der rechten Hand ein Kreuz – »ist deine Meinung scheißegal. Gott sei Dank bist du nur ein dämlicher kleiner Westentaschenfeminist, der gern Falafel isst und sich für schrecklich schlau hält.«

Ich schluckte schwer. Ich räusperte mich. Ich wollte Thea fragen, wie sie das meine, als sie mit lauter Stimme fortfuhr. »Erstens«, sagte sie. »Wie du zu Anfang unseres Gesprächs ausnahmsweise richtig bemerkt hast, ist die Zipfelmütze kein christliches Symbol, sondern nur ein Mummenschanz, den uns die böse Konsumgesellschaft verordnet hat. Deshalb verweist sie auch nicht auf Weihnachten, sondern bestenfalls auf den Kapitalismus, der, anders als das Christentum, keine ernsthafte Konkurrenz hat. Zweitens: Wenn ich ein kleiner Westentaschenfeminist wie du wäre, hätte ich nicht nur bemerkt, dass die Zipfelmütze ein männliches Kleidungsstück ist, sondern auch, dass die einzige Person, die hier im Raum eine Zipfelmütze trägt, eine Frau ist. Und als dämlicher kleiner Westentaschenfeminist hätte ich haarscharf gefolgert, dass die weibliche Aneignung von Symbolen männlicher Dominanz, wie die Zipfelmütze eines ist, endlich die historische Kontingenz dieser Zeichen sichtbar macht und die patriarchalische Ordnung dadurch unrettbar destabilisiert; dass das Tragen von Zipfelmützen also ein total subversiver Akt sein kann. Wenn jede einen Zipfel hat, ist bald Schluss mit dem Patriarchat.« Thea blickte auf ihre Armbanduhr.

»Und da ich gleich zu spät zur Arbeit komme, sage ich dir nur noch eines: Wenn du dich heute Abend nicht angemessen dafür entschuldigst, dass du mich eine Faschistin genannt hast, dann setzt es eine Tracht Prügel.« Sie deutete auf ihre Rute. »Verstanden?«

Ich verstand. Ich entschuldigte mich an jenem Abend, wie ich hoffte, angemessen, ich kaufte prächtige Weihnachtsgeschenke, und weil Thea die Rute von jenem Tag an ständig bei sich trug, wagte ich auch nicht, sie darauf hinzuweisen, dass der ehemals weiße Rand ihrer Zipfelmütze nach einer Woche ununterbrochenen Tragens ziemlich speckig wirkte – eine Tatsache, die selbst dem heutigen Weihnachtsabend etwas Schäbiges verlieh.

»Na, mach schon«, sagt Thea ungeduldig. »Pack sie endlich aus.«

Ich schlage das Einwickelpapier mit den islamisierten Weihnachtsbäumen zurück und ein feiner schwarzer Stoff kommt darunter zum Vorschein. Ich lasse ihn durch meine Finger gleiten, er fließt mir entgegen, lange Bahnen edler Seide. Zum einen Ende hin bildet sich eine Wölbung, eine Art Kopfteil, an dessen Seite ein handgroßes Rechteck aus durchsichtiger Gaze liegt.

»Mensch, Thea«, sage ich mit bemühter Leichtigkeit. »Eine Burka! Das ist ja mal ein originelles Geschenk.«

»Hör auf zu quatschen. Zieh sie an.«

Ich lache nervös auf, aber als Thea nicht mitlacht, gehorche ich. Ich werfe den Stoff über den Kopf, er fällt weich über meine Schultern. Ich drehe das Kopfteil, bis das Gazenetz vor meinen Augen zu liegen kommt. Als ich mich Thea wieder zuwende, sehe ich sie buchstäblich nur durch einen Schleier.

Sie legt nachdenklich den Finger an die Lippen und begutachtet mich, als sei ich eine Statue. Sie macht einen Schritt nach rechts. Ich will mich drehen, bevor sie aus meinem Blickfeld verschwindet, aber sie zischt: »Bleib stehen!« Nach ein paar Sekunden erscheint sie wieder von links. Sie tritt ganz nah an den Schleier heran. »Unglaublich, aber wahr«, sagt sie schließlich. »Man kann dich wirklich nicht mehr erkennen.«

»Dann bin ich ja beruhigt«, sage ich. »Der Aufzug wär mir sonst nämlich ziemlich peinlich.«

»Aber nein«, sagt Thea. »*Ich* bin beruhigt. Jetzt kann ich mich endlich mit dir in der Öffentlichkeit zeigen, ohne mich für dich zu schämen. Wenn wir gleich zur Kirche gehen, bleibst du immer drei Schritte hinter mir, verstanden? Aber komm bloß nicht auf den Gedanken wegzulaufen. Ich möchte dich nicht bestrafen müssen.« Thea gibt mir einen Klaps mit der Rute. »Nicht heute«, sagt sie. »Nicht beim Fest der Liebe.«

Kleiner Apfel

Eines Tages beschlossen sie, die Mauer wieder aufzubauen; an einem jener Morgen, an denen sie Rücken an Rücken im Bett lagen und so taten, als würden sie noch schlafen, obwohl sie schon seit Stunden wach waren und nicht wussten, was sie sagen sollten. Sie ergriff zuerst das Wort, setzte sich, immer noch mit dem Rücken zu ihm, auf den Bettrand, trank einen Schluck Wasser und sagte dann halb entschlossen, halb weinerlich: »Das haben wir ja mal wieder toll hingekriegt.«

Bastian kannte solche Sätze bereits zur Genüge, ja, er hatte vor etwa einem Monat sogar damit angefangen, heimlich eine Rangliste aufzustellen, in der er die am häufigsten gefallene Wendung der Woche zum Sieger kürte. Letzte Woche war es der Satz »Wir können doch trotzdem weiterhin Freunde bleiben« gewesen. Diese Woche zeichnete sich ein knapper Vorsprung für »Ich glaube, es ist für uns beide das Beste so« ab. Als Maja an besagtem Morgen hinzufügte: »Wenn das so weitergeht mit uns beiden, wünsche ich mir die Mauer wieder her«, war er zugleich überrascht und erleichtert.

Bastian war gleich nach der Wiedervereinigung nach Ostberlin gezogen, und wenn ihn Bekannte fragten, warum, so sagte er meistens etwas wie: »Weil ich es unheimlich spannend finde, was sich dort entwickelt.« Aber unter guten

Freunden wurde er genauer und hob gewöhnlich zu einem langen Exkurs an, der davon handelte, dass die ostdeutschen Frauen trinkfester seien als die westdeutschen, sexuell freizügiger und überhaupt äußerst exotisch und interessant, rauchten sie doch ständig filterlose Zigaretten mit kuriosen Namen und merkwürdigem Geschmack und das sei doch schick.

Bastians Träume schienen in Erfüllung zu gehen, als er im Innenhof der Humboldt-Universität zum ersten Mal auf Maja traf. Attraktiv, am frühen Nachmittag schon angetrunken und Zigaretten der Marke Karo rauchend, verkörperte sie alles, was Bastian von einer Ostberlinerin erwartete. Als er sich ein paar Wochen später endlich ein Herz fasste, ihr mittags im Krähenfuß eine Cabinet anbot, sie ihn fragte, ob er denn aus dem Osten komme und Bastian schließlich feststellen musste, dass sie beide aus Nordrhein-Westfalen stammten, hatte er sich schon so verliebt in sie, dass ihm ihre Herkunft fast wieder egal war.

Nachdem er die unter dem Bett liegenden Boxershorts, ein Paar schmutziger Socken und das T-Shirt, das er Maja mal geliehen hatte, in seiner Umhängetasche verstaut hatte, ging Bastian ins Badezimmer.

»Ich packe in meinen Koffer: eine Zahnbürste«, murmelte er vor sich hin, dann: »Ich packe in meinen Koffer: eine Zahnbürste und eine Dose Rasierschaum. Eine Zahnbürste, eine Dose Rasierschaum und einen Deoroller. Eine Zahnbürste, eine Dose Rasierschaum, einen Deoroller und einen Stein.« Dabei nahm er einen der Altarsteine von der Ablage über dem Waschbecken und steckte ihn in seinen Kulturbeutel.

»Du bist ja prächtiger Laune«, sagte Maja vorwurfsvoll, als Bastian zurück in ihr Zimmer kam. Sie streckte ihm einen Stapel CDs entgegen. »Die gehören auch noch dir.«

»Also, ich packe in meinen Koffer: eine Zahnbürste, eine

Dose Rasierschaum, einen Deoroller, einen Stein und meine CDs.« Majas Augenbrauen wölbten sich nach oben wie zwei hungrige Raupen. »Und dich«, ergänzte Bastian, »würde ich natürlich auch gern mit einpacken.«

Maja starrte aus dem Fenster, hauchte gegen die Scheibe und schrieb etwas mit dem Fingernagel darauf, winzig klein, Bastian konnte es nicht entziffern. Während das Kondenswasser an der Scheibe zusammenschrumpfte und schließlich verschwand, sagte sie: »Bevor wir gehen, leg bitte den Stein zurück.«

»Kohima hat viel von dir erzählt«, sagte das Mädchen an der Wohnungstür. »Ich bin die Rachana.«

Sie nahm Bastian an der Hand und führte ihn einen langen, mit Bastmatten ausgelegten Flur entlang. An den Wänden hingen Fotos von Tempelanlagen und von gütig dreinblickenden alten Männern, es roch nach brennendem Inzens, hinter einer Tür war Zimbelmusik zu hören. Am Ende des Ganges wartete ein Vorhang aus naturfarbenen Holzperlenschnüren.

»Das hier ist unsere Küche. Und da ist auch unsere Kohima.« Rachana legte den Arm um Majas Hals und zwinkerte Bastian zu. »Ich lass euch wohl besser allein. Ruft, wenn es Essen gibt.«

Maja wischte ihre Hände an einem Geschirrtuch ab, dann kam sie zu Bastian rüber, gab ihm die Hand und drückte ihm einen vorsichtigen Kuss auf die Wange.

»Schön, dass du da bist.«

»Ja, finde ich auch. Ich meine, ich freu mich, dass ich kommen durfte. Kann ich dir was helfen?«

»Ich bin schon fast fertig. Setz dich doch einfach.«

»Ich könnte dir was vorsingen. Ich könnte ein Gedicht über deine Schürze schreiben. Oder ein bisschen Spanische Fliege unter das Essen mischen.«

Maja fasste sich mit der Hand an die Lippen und runzelte die Stirn, als könnte sie sich nicht entscheiden. Dann sagte sie: »Vielleicht komme ich irgendwann später darauf zurück. Wenn du willst, kannst du den Wein aufmachen.«

Nachdem Bastian eine Flasche aus dem Regal genommen und sich auf die Eckbank gegenüber der Tür gesetzt hatte, klapperte der Holzperlenvorhang und ein unrasierter Mann im Morgenmantel kam herein, ging an ihm vorbei und gab Maja einen gewissenhaften Kuss auf den Mund. Bastian pulte mit seinem Fingernagel den Bleimantel vom Flaschenkopf, dann nahm er den Korkenzieher, setzte ihn an und trieb das Gewinde bis zum Anschlag in die Flasche. Als er ihn wieder herauszog hatte, ragte die Metallspitze aus dem unteren, rotweingetränkten Ende des Korkens.

»Frank, das ist Bastian. Bastian: Frank.«

»Hallo«, sagte Frank und streckte Bastian die Hand entgegen: »Bhawabhuti.«

Er legte leicht den Kopf nach hinten, als er Bastian die Hand schüttelte, musterte ihn lächelnd und mit halb geschlossenen Lidern, und obwohl er etwas kleiner war als Bastian, wirkte es so, als betrachtete er ihn von oben herab.

Beim ersten Händedruck mit dem Freund einer tollen Frau, dachte Bastian, wird einem immer alles klar: Ob man eigentlich verliebt ist in sie, ob der andere einen als Konkurrenten betrachtet, ob er glaubt, dass man bei seiner Freundin eine Chance hat. Franks Hände waren kalt und feucht, aber vielleicht kam das auch daher, dass er gerade ein Bad genommen hatte.

»Und, was machst du so?«, fragte Frank, während er sich Bastian gegenüber hinsetzte.

»Germanistik. Wie Maja. Daher kennen wir uns.«

»Ah ja.« Frank kratzte sich am Kinn. Bastian senkte den Blick und starrte auf Franks dünne und stark behaarte Beine. Franks Füße waren nackt, die Zehen weiß und verschrumpelt wie eine Reihe Neugeborener, und hin und wieder zuckten sie, als fingen sie gleich an zu schreien.

»In Indien erzählen sie sich eine Geschichte«, sagte Frank, »die geht ungefähr so: Es war einmal ein Tausendfüßler, der war schon von Kindheit an ein unglaublich guter Läufer. Kribbel krabbel, kribbel krabbel wuselte er durch die Welt, er hatte Spaß an der Bewegung und an der Geschwindigkeit, weshalb er lief und lief und lief und immer kräftiger und schneller wurde.«

Frank kreuzte die Beine unter dem Hintern, und für einen Augenblick konnte Bastian sein Geschlechtsteil sehen. »Als er sieben Monate alt war, wurde er von einem Nachwuchstrainer entdeckt. Er wurde ein hervorragender Langstreckenläufer, stellte mehrere Weltrekorde auf und bei der Olympiade der Gliedertiere gewann er die Goldmedaille im 100-Zentimeter-Lauf. Nach seinem Sieg gab er ein Interview und ein Reporter fragte ihn: ›Wo haben Sie gelernt, so schnell zu laufen, und vor allem: Wie schaffen Sie es, dabei Ihre tausend Füße zu koordinieren?‹ Da blickte der Tausendfüßler ratlos auf seine unzähligen, wie Kraut und Rüben durcheinander stehenden Füße und wusste keine Antwort. Der Mann hat Recht, dachte er, wie mach ich das nur? Setz ich den rechten Vorderfuß zuerst auf oder den linken? Und wenn ich das gemacht habe, welcher kommt dann dran, der zweitvorderste Fuß links oder der drittletzte rechts? Und siehe da, von diesem Tag an stolperte der Tausendfüßler nur noch unbeholfen vor sich hin, verhedderte sich mit seinen eigenen Beinen und gewann nie wieder ein Rennen.«

Frank schaute Bastian triumphierend an. Bastian schaute zu Maja, die schnell von ihm wegblickte, und dachte: Wenn ich solche dünnen Waden hätte wie Frank, würde ich nichts über Tausendfüßler erzählen, und auch, dass jemand mit Insektenbeinen und einem feuchtkalten Händedruck keine Chance gegen ihn habe.

»Und wenn du mal an die Humboldt musst, in der Bibliothek was nachschlagen?«

»Die Bibliothek von der FU ist sowieso besser. Und im Notfall kann ich mir ja von Freunden was kopieren lassen.«

»Was ist mit den Theatern? Die guten Bühnen sind doch so gut wie alle im Osten.«

»Muss ich mich halt mit der Schaubühne begnügen. Das wird schon gehen.«

»Und die ganzen Clubs und Kneipen, ich meine, da willst du doch nicht für immer drauf verzichten, oder?«

»Mein Gott, Bastian, du tust gerade so, als ob man in Westberlin nicht weggehen könnte.«

Bastian fiel kein Argument mehr ein. Eine französische Reisegruppe drängte sich an Maja und ihm vorbei, schob sie dichter zusammen, und Bastian versuchte, seinen Arm um Maja zu legen, aber sie trat einen Schritt zurück. Als er sie vorwurfsvoll anschaute, sah er die Wintersonne in ihren Augenwinkeln glitzern, er hob die Hand, um ihr über die Wange zu streichen, aber sie nahm sein Handgelenk und sagte: »Nein, das geht nicht. Das haben wir doch gemeinsam entschieden, oder?«

Er nickte.

»Na also. Und anders schaffen wir das, glaube ich, nicht.«

Die Reisegruppe hatte sich jetzt einige Meter von den beiden entfernt aufgestellt. *»Petite pomme!«*, rief der, der die Kamera hielt. Zwanzig Münder verzogen sich zu fotogenen Schnuten, der Fotograf drückte auf den Auslöser, dann wurde ihm ein halbes Dutzend weiterer Fotoapparate hingestreckt, jedem sein eigenes Bild.

»Wenn jemand aus meiner WG dich beim Grenzübertritt erwischt, gibt es Saures, verstanden?«

»Und wenn ich dich in Friedrichshain in einer dunklen Gasse antreffe, wirst du ein übles Viertelstündchen erleben.« Bastian versuchte, dieser Drohung einen sexuellen Beigeschmack zu geben.

»Du wirst mich dort nicht treffen. Ein für alle Mal. Verstanden?«

Als sie sich zum letzten Mal küssten, schmeckte Bastian Majas Tränen. Er roch ihre Haut, er roch Zigaretten und Zahnpasta, er spürte ihren Körper, der sich seinen Armen entwand.

»Sie verlassen den amerikanischen Sektor«, sagte Maja, dann drehte sie sich um und ging.

Seine Altbauwohnung mit Kohleheizung war Bastian allmählich zu kalt geworden, daher wohnte er, seit Frank ausgezogen war, praktisch mit Maja zusammen. Wortlos hatte Frank mithilfe der anderen WG-Bewohner seine Möbel aus der Wohnung getragen, Bastian war nicht dabei gewesen, aber Rachana, die früher eine Petra gewesen war, hatte es ihm ungefragt erzählt, und zum Abschied hatte er Maja seine Hand auf den Bauch gelegt, sie mit nach hinten gelegtem Kopf angestarrt und gesagt: »Ich weiß, dass dieser Bauch einmal uns gehört.«

»Warum hast du ihm da nicht sofort eine gescheuert?«, wollte Bastian daraufhin von Maja wissen. »Was bildet sich das Arschloch eigentlich ein?« Maja antwortete, Frank sei kein Arschloch, so ein Urteil stehe Bastian einfach nicht zu, und daraus entwickelte sich der erste Streit ihrer Beziehung.

Solche Streitereien gab es oft, und meistens provozierte sie Bastian. Zunächst ganz unbewusst, etwa, als er zum ersten Mal bei Maja übernachtete und seine Zahnbürste auf dem mit Kieselsteinen, Kerzen und dem Foto eines gütig dreinblickenden alten Mannes dekorierten Bord über dem Waschbecken liegen ließ. Maja und er saßen morgens beim Frühstück, als Satya Bodhi mit der Bürste in der Hand in die Küche stürmte und wutentbrannt fragte: »Wer von euch hat seine Zahnbürste auf den Toilettenaltar gelegt?« Maja sagte entschuldigend, das sei Bhawabhuti gewesen, die

Zahnbürste habe er beim Ausräumen des Badezimmers wohl vergessen, man dürfe ihm das aber nicht übel nehmen, er sei ja etwas verwirrt gewesen gestern.

Bastian legte von nun an bei jeder sich bietenden Gelegenheit Zahnbürste, Deo und Rasierzeug auf dem Badezimmerbord ab, ja, er kaufte einmal sogar einen ganzen Bund billiger Zahnbürsten und verteilte sie heimlich nachts in der Wohnung, in jedem Zimmer gab es einen Altar, auf jedem lag am nächsten Morgen eine Bürste, aber außer Bastian fand das niemand lustig. Wenn er mit Maja Streit hatte, nannte er sie »Vokuhila«, und wenn sie ihn daraufhin mit letzter Beherrschung korrigierte, fragte er: »Sag mal, Kohima, hast du eigentlich in letzter Zeit was von Pavarotti gehört?«

Die Frage war berechtigt, denn tatsächlich bekam Maja von ihrem Exfreund regelmäßig Post, und manchmal telefonierten sie auch miteinander, obwohl es noch nicht an der Zeit war, sich wieder zu treffen. »Dazu ist es noch zu früh«, sagte Maja, und Bhawabhuti antwortete mit einer Geschichte, in der eine Blume, ein Schmetterling und eine Schmeißfliege die Hauptrollen spielten und die für eines der beteiligten Insekten bitter ausging, man wusste nur noch nicht, für welches.

Und dann, endlich, nachdem Bastian lange genug in seiner kalten Wohnküche gesessen und in die Luft gestarrt hat, kommt Maja langsam zurück. Es ist eigentlich ganz einfach, alles, was Bastian braucht, ist eine gedankliche Keimzelle. Zum Beispiel die Haarsträhne, die ihr manchmal ins Gesicht gefallen ist, an die kann Bastian sich erinnern, und wenn er die erst mal vor sich sieht, dann entwickelt sich von dort aus das ganze Gesicht, wie im Fotolabor, nachdem man das belichtete Papier in die Silberbromidlösung gelegt hat.

Zuerst erscheint ganz zaghaft Majas Stirn, dann ihre Augenbrauen, die Erinnerung klettert die rechte Wange hinab, über den Leberfleck und den leicht spöttischen Zug oberhalb des Mundwinkels bis zum Kinn, und als die Umrisse da sind, füllen sich auch die letzten und entscheidenden Details: die Augen, die Nase, der Mund, der sich leicht öffnet und dann zu einem *cheese* verzieht, unterhalb des Kopfes formt sich Majas wunderbar weicher Hals und ihr Schlüsselbein, das geht alles viel zu schnell, und plötzlich sitzen sie wieder nebeneinander in Majas Zimmer. Maja liest Bastian sein Horoskop vor, zuerst das indianische, dann das chinesische, laut dem einen ist Bastian eine Schlange und laut dem anderen ein Schwein, aber Maja zieht ihn trotzdem fest an sich und sagt: »Lass mich deine Perle sein!«, und Bastian legt sich in seiner Küche rücklings auf die Dielen und schnappt nach Luft, wie damals, als er beim Schlittschuhlaufen auf den Rücken gefallen war und sich plötzlich auf dem Eis wieder gefunden hatte, hilflos nach Atem ringend und mit nicht mal genügend Kraft, um zu schreien.

»Ihr saugt diese ganze Power, die hier im Raum ist, in einem großen Bogen ein, haltet sie einen Augenblick lang in der Lunge und drückt sie dann beim Ausatmen runter in das Wurzel-Chakra.

Haaaaaaaaa – Ummmmmmmmm. Haaaaaaaaaa – Ummmmmmmmmm.

Genau so. Und dabei die Schultern schön locker lassen und immer aufrecht stehen bleiben. Oberhalb der Gürtellinie darf sich nichts bewegen.

Haaaaaaaaaa – Ummmmmmmmmm.

Super. Spürt ihr, wie sich die ganze Kraft des Kosmos da unten verdichtet und bereit ist, gleich zu explodieren?

Haaaaaaaaaa – Ummmmmmmmmm.

Was gibt's denn da zu lachen? Hör mal, wenn du nur hier bist, um Ärger zu machen, solltest du vielleicht lieber gehen.«

»Entschuldige«, sagte Bastian, während er hinter Maja herlief. »Ich wusste ja nicht, dass dir das so wichtig ist.«

»Wie, du wusstest das nicht? Ich geh doch schon seit Monaten zur Meditation.«

»Schon. Aber ich dachte, du hättest das nur dem Dings zuliebe gemacht. Pavarotti. Frank.«

»Mein Gott, bist du bescheuert.« Die Finger von Majas rechter Hand bohrten sich in den Stoff ihres Sportbeutels. »Du glaubst doch nicht wirklich, dass ich alles, was ich tue, nur wegen Frank mache.«

»Nee. Obwohl. Weiß nicht. Schon.«

Daraufhin setzte Maja ihre Tasche ab, packte Bastian an den Handgelenken und sagte: »Jetzt hör mir mal gut zu«, und dann redete sie eine halbe Stunde lang sehr ernst auf ihn ein, worum es im Einzelnen ging, daran kann Bastian sich nicht mehr erinnern, denn er starrte die ganze Zeit nur auf die zartrosa Ringe unter ihren Augen und auf eine einzelne schwarze Strähne, die ihr beim Sprechen manchmal in den Mund hing, und dann schaute er auf ihre Brust und den Schwung ihrer Hüften und dachte, dass er sich jetzt lieber mit Majas Wurzel-Chakra befassen würde als über Beziehungsprobleme zu diskutieren, und nachdem er lange genug zugehört und geschwiegen hatte, gingen sie zu ihr nach Hause und landeten tatsächlich wieder im Bett, und am nächsten Morgen sagte Maja einen Satz, den Bastian schon kannte, woraufhin er in seinem Notizbuch einen weiteren Strich machte.

Aber irgendwann hält er es nicht mehr aus. Er sitzt mit ein paar Freunden in der Baustelle und trinkt das fünfte Bier, in der Stereoanlage laufen die Puhdys, da steht er plötzlich auf, flüstert: »Falls ich nicht wiederkomme, macht euch keine Gedanken«, und geht zur Toilette. Dort schließt er sich in eine Kabine ein, drückt die Spülung und öffnet, während das Wasser rauscht, behutsam das Fenster.

Das Klofenster führt auf den Hinterhof hinaus, Bastian schaut nach links und nach rechts, niemand zu sehen, er zwängt sich durch die winzige Öffnung, den Oberkörper zuerst, als er droht vornüberzufallen, zieht er die Beine unter sich nach, er setzt sich auf den äußeren Fenstersims, schätzt die Entfernung bis zum Boden, vielleicht zweieinhalb Meter, und springt hinunter auf den dunklen Asphalt. Dann fängt er an zu rennen.

»Jawoll, Kamerad«, rufen ihm zwei ältere Passanten hinterher, »so is et richtig: Links zwo drei vier! Links zwo drei vier!«, und Bastian kommt fast ins Stolpern. Als er über die Monbijou-Brücke läuft, kriegt er Seitenstechen, auf dem Pariser Platz bleibt er erschöpft stehen. Er fährt sich mit der Hand durch die schweißnassen Haare, seit der Trennung trägt er sie ganz kurz, und wenn er sie nach hinten streicht, federn sie zurück und katapultieren einen Schauer winziger Tröpfchen in das Laternenlicht.

Haaaaaaaaaaaa-Ummmmmmmmmm.

Bastian atmet tief durch. Er schaut sich um, dann geht er langsam auf das Tor zu. Nur eine Minute, denkt er. Maja wird das nie erfahren. In diesem Augenblick sieht er sie.

Sein erster Gedanke ist: wegrennen. Nach Hause, die Bettdecke über den Kopf ziehen und nie mehr aufwachen. Sein zweiter: Ich tue einfach so, als hätte ich sie nicht gesehen. Sein dritter: Jetzt hat sie bemerkt, dass ich sie bemerkt habe. Jetzt kann ich nicht mehr zurück.

Als wäre er Majas Spiegelbild, bewegt Bastian sich auf sie zu, das steinerne Stadttor bildet den Rahmen, und als beide in den Schatten des Monuments treten, bleiben sie stehen. Ja, denkt Bastian, genau wie ich gedacht habe: die Stirn, die Augenbrauen, der Leberfleck, und auch das Schlüsselbein ist noch da.

»Wie siehst du denn aus?«, fragt Maja. Bastian weiß zuerst nicht, was sie meint, sie streicht sich erläuternd durch die Haare, aber bevor er etwas sagen kann, fragt sie:

»Und was machst du eigentlich hier, so mitten in der Nacht?«

»Ich … wollte nur sichergehen.«

»Sichergehen?«

»Na, dass du nicht einfach rübermachst.«

»Aber das hab ich dir doch versprochen. So was würde ich nie tun.«

»Natürlich. Aber wie Genosse Lenin zu sagen pflegte: Vertrauen ist gut, Kontrolle ist besser.«

»Natürlich.« Maja zieht ihren Kalender aus der Tasche und macht sich eine Notiz.

»Und außerdem«, Bastian blickt hinter sich, »sind wir ja noch nicht fertig.«

Eine Haarsträhne fällt Maja in die Stirn, sie bläst sie weg, aber ihr Gesicht ist danach immer noch da. »Nein?«

Bastian lächelt. »Ich bin gleich zurück.«

Er läuft zurück auf den Pariser Platz, rechts vor dem Adlon wird die Straße frisch gepflastert, dort geht er hin. Er hebt eines der rot-weißen Absperrungsbretter hoch und legt es zur Seite, er nimmt einen der Steine, die auf einem Haufen liegen, dann noch einen, wo er lag, sucht eine Kellerassel hektisch das Weite, als sein Arm voller Pflastersteine ist, geht er zurück zu Maja.

»Kannst du vielleicht mal mit anfassen?«

»Ich würde gerne, darf aber nicht. Leider.«

»Mit einem Tagesvisum ließe sich da sicher was machen.«

»Ich komme gleich wieder.«

Maja nimmt ihre Tasche und verschwindet in Richtung Tiergarten. Bastian holt eine weitere Ladung Steine, und als er zurückkommt, ist Maja gerade dabei, die erste Lage mit märkischem Sand zu bedecken. »Statt Mörtel«, sagt sie, und: »Ich dachte schon, du lässt mich im Stich.«

»So was würde ich nie tun«, sagt Bastian. »Obwohl. Weiß nicht.«

Maja zieht eine Schnute, sie legen zusammen eine zweite

Reihe Steine auf die Sandschicht, dann rennt Maja wieder in den Park. Bastian blickt ihr nach. Er schaut auf die winzig kleine Mauer zwischen den riesigen Säulen, die Luft riecht nach Inzens und Zigaretten, und da ist immer noch der feuchte Abdruck von Majas Händen auf dem kalten Stein.

Frackseide

»Hab ich dir eigentlich schon mal erzählt, wie ich mich mit LSD von meiner Kokainsucht kuriert habe?«

Mein Stellvertreter schaut überrascht von seinem Weinglas auf. Er musste heute Abend miterleben, wie ich in angetrunkenem Zustand meine Kadenz vergeigt habe, und ist nach dem Konzert allein ins Da Capo gegangen, wahrscheinlich, um seine Ruhe zu haben. Aber daraus wird nichts.

»Hast du keine anderen Probleme?« Er wendet sich wieder seinem Glas zu.

»Doch«, sage ich vorwurfsvoll. »Du hintergehst mich.«

Alle im Orchester wissen, dass mein Stellvertreter der bessere Musiker ist. Sie wissen aber auch, dass ich ihm deswegen noch lange keins meiner Soli überlassen werde, schließlich bekomme ich dafür zweihundert Euro Zulage.

»Wie bitte?«

»Du hast letzte Woche wieder heimlich geübt. Du stehst morgens extra zwei Stunden früher auf und übst, und dann kommst du zur Probe, reißt im Stimmzimmer eine Paganini-Caprice nach der anderen runter und tust so, als würdest du dich gerade warmspielen.« Ich hebe tadelnd den Zeigefinger. »Das ist nicht fair. Das machst du nur, um mich zu verunsichern. Stimmt's?«

Mein Stellvertreter antwortet nicht. Mein Zustand ist ihm

sichtlich peinlich, aber ich kenne kein Pardon. Weder mit mir noch mit anderen.

»Ich kenne kein Erbarmen«, sage ich sehr ernst, während ich mich bemühe, die Aufmerksamkeit des Barkeepers auf mich zu ziehen. »Vor allem nicht mit mir selbst. Ich bin sehr willensstark, weißt du? Wie gesagt, ich habe mich vor ein paar Jahren mal mit eiserner Disziplin und LSD von meinen Drogenproblemen geheilt.«

Mein Stellvertreter hat offensichtlich nicht die geringste Lust, sich mit mir zu unterhalten, ist aber zu höflich, um das zuzugeben, und wenn er jetzt auch nur einen Funken von Interesse zeigt, hat er eben Pech gehabt. »Mit LSD?«, fragt er und runzelt die Stirn. Damit sind die Würfel gefallen.

»Ja«, sage ich dankbar und schaue ihm erleichtert in die Augen. »Mit LSD-25, um genau zu sein. Du weißt schon: *the real thing*.«

Mein Stellvertreter blickt mich verständnislos an. In seiner rechten Iris ist ein kleiner dunkler Fleck zu sehen, seine Pupille gleicht einer punktierten Viertel. Ich beginne, leise den Refrain von *Even better than the real thing* zu intonieren, obwohl ich ahne, dass ihm das nicht auf die Sprünge helfen wird.

»You're the real thing
You're the real thing
Even better than the real thing …«

Ich gerate in Fahrt und beschließe daher zu ignorieren, dass mein Stellvertreter auf seinem Stuhl nach vorne gerutscht ist und zaghafte Anstalten macht aufzustehen.

»Entschuldigung!«, rufe ich dem Barkeeper zu, reiße den Mund auf und fasse mir an die Kehle, als sei ich ein Verdurstender in der Wüste. »Zwei Bier, bitte. Und dazu zwei Whiskys.« Nur um meinen Stellvertreter zu ärgern, füge ich noch hinzu: »Sie wissen schon: *the real thing*.« Damit meine ich einen doppelten Talisker.

Der Barkeeper mustert mich einen Augenblick lang, dann greift er entschlossen nach der richtigen Flasche, schließlich bin ich nach Konzerten öfter hier. Ich nicke ihm respektvoll zu und wende mich wieder an meinen Zuhörer, der zwar unerträglich desinteressiert dreinschaut, sich aber in sein Schicksal zu fügen scheint.

»Das echte Zeug«, sage ich, »das kriegt man überhaupt nur noch in Mexiko. Oder in Osteuropa. In strukturschwachen Regionen, verstehst du? Hohe Arbeitslosigkeit. Niedrige Bevölkerungsdichte. Riesige Chemielabors mit gigantischen Kesseln voll quellfrischem Lysergsäure-Diäthylamid. Das ist doch spannend! Das interessiert dich doch, oder?«

Die Antwort warte ich vorsichtshalber nicht ab.

»Aber eigentlich wollte ich dir ja erzählen, wie ich von meiner Kokainsucht runtergekommen bin.« Ich ziehe eine Prise Luft durch die Nase. »Das war damals, als ich in Bloomington studiert habe.«

Ich blicke meinen Stellvertreter prüfend an, denn wir beide wissen, dass alle meine Geschichten so anfangen und dass sie bei uns im Orchester eigentlich niemand mehr hören kann. Aber er lässt sich nichts anmerken.

»Ich war also in Indiana und, na ja, dort an der Uni haben wirklich alle Studenten gekokst. Und da wollte ich natürlich kein langweiliges Arschloch sein.«

Ich wähle bewusst das Wort »Arschloch«, weil ich weiß, dass mein Stellvertreter Fäkalsprache nicht ausstehen kann. Er wirft einen Blick zurück, von dem ich nicht weiß, ob er Ärger, Belustigung oder Unverständnis ausdrückt.

»Tja«, fahre ich fort und gucke so abgebrüht wie möglich. »Alles schön und gut, hab ich gedacht, aber Kokain ist wirklich ein Scheißzeug. Bevor ich ›Entzugserscheinungen‹ sagen konnte, war ich schon richtig süchtig danach. Nur psychisch natürlich, aber trotzdem. Wenn ich nichts zu schnubbeln hatte, bekam ich fürchterliche Schweißausbrüche und Kopfschmerzen. Wenn ich im Uni-Orchester *fortissimo* spielen musste, platzte mir fast der Schädel von dem verdammten Lärm. Und einmal rieselte mir mitten im Mendelssohn-Violinkonzert der weiße Staub aus der Nase und auf die Geige. Ausgerechnet im langsamen Satz. Da wurde mir schlagartig klar, dass es so nicht weitergehen konnte. Abgesehen davon bekam ich enorme Geldprobleme. Und da … und da … und da …«, ich lasse meine Stimme dramatisch anschwellen, »… hatte ich plötzlich eine geniale Idee.«

Mein Stellvertreter wirkt wenig beeindruckt, aber ich bin jetzt selbst mein bester Zuhörer.

»Über einen Kommilitonen hatte ich erfahren, dass es im Norden von Mexiko, in der Nähe von Hidalgo, ein solches Chemielabor gab, das LSD herstellte. Und in meinem Bekanntenkreis waren eine Menge Leute, die für reines LSD-25 viel Geld gezahlt hätten. Und außerdem, und das gab natürlich den Ausschlag, nicht etwa das Geld«, ich blicke betont angewidert, »wusste ich von einem Freund, dass das einzig wirklich sichere Mittel, um eine Kokainabhängigkeit zu bekämpfen, die regelmäßige Einnahme von LSD ist.«

»Was erzählst du da eigentlich für einen Schwachsinn?«, unterbricht mein Stellvertreter mich plötzlich, und ich freue mich, dass er endlich eine Reaktion zeigt.

»Nein«, sage ich sanft, »kein Schwachsinn. Sondern eigentlich ganz logisch. Weißt du, das Problem mit Kokain ist ja nicht, dass es dich irgendwie dumm oder gleichgültig macht oder bei der Arbeit beeinträchtigt. Im Gegenteil, die meisten Kokser sind supererfolgreich, mit einem ordentlichen *habit* in der Nase kannst du Präsident der Vereinigten Staaten werden. Das Problem ist einzig und allein der *cold turkey*, dieses furchtbare Jucken und Schwitzen, das dich packt, wenn du nicht mehr deine regelmäßige Ration Puderzucker bekommst. Und genau dort setzt die LSD-Therapie an. Nämlich, immer wenn dich der kalte Truthahn in seinen dreckigen Klauen hat und du denkst, dass du gleich wahnsinnig wirst vor Lust auf eine ordentliche Prise von dem weißen Pulver«, ich leere meinen Whisky und schließe genießerisch die Augen, »dann nimmst du einfach einen Trip. Und: Huiiiiii ...« Ich ahme das Geräusch eines startenden Engels nach. »Dann«, sage ich und schaue einem imaginären Kondensstreifen hinterher, »lässt sich auch der kälteste Truthahn ganz gut ertragen. Dann verwandelt sich jeder noch so räudige Hühnervogel in einen Seraphim.«

Ich mache eine bedeutsame Pause, um meinen Ausführungen mehr Gewicht zu verleihen. Ich frage mich, ob mein Stellvertreter weiß, was ein Seraphim ist.

»Und«, fragt er endlich, »hat es geklappt?«

»Was denkst du denn? Oder ist mir in letzter Zeit etwa Kokain auf die Geige gekrümelt?«

»Natürlich nicht. Ich meinte ja auch: Hat es geklappt, das LSD von Mexiko nach Bloomington zu schmuggeln?«

»Na ja«, sage ich und bemühe mich um einen geheimnisvollen Ton. »Einfach war es nicht.«

»Wie hast du das denn gemacht?«, fragt mein Stellvertreter, und fast bin ich versucht zu glauben, dass sein Interesse echt ist. »Ich meine, wie sieht dieses LSD denn überhaupt aus?«

Ich wackele zufrieden mit meinem Whiskyglas in Richtung Barkeeper, sage: »Noch einmal dasselbe«, nehme eine aufrechte Dozentenpose ein und lege die Fingerspitzen gegeneinander.

»Nun«, sage ich, »wie wir alle wissen, wird LSD meist in Form kleiner bunter Papierstückchen konsumiert, die zuvor mit der Chemikalie getränkt worden sind. Das macht die Droge leicht portionierbar, und man kann sich die Blättchen zur Einnahme auf die Augen legen oder in die Ohren stecken oder sonst wohin oder sie ganz einfach essen. Wenn man diese herrliche Substanz jedoch schmuggeln will, dann, meine Damen und Herren, werte Kolleginnen und Kollegen, liebe Studenten, macht man das am besten in ihrer flüssigen Form. Nicht als Papierbögen, auf die lauter alberne Micky-Maus-Bildchen gedruckt sind oder auf denen groß ›Drogen‹ steht. Empfehlenswert ist ein neutrales und alltägliches Behältnis, etwa ein Deozerstäuber. Oder, und diese Methode habe ich in Mexiko seinerzeit erfolgreich praktiziert, ein Fläschchen für Mundspray. In so ein Fläschchen passt zwar höchstens ein Viertelliter rein. Aber bei reinem LSD-25 ist das genug, um eine mittlere Kleinstadt für ein halbes Jahr high und einen mittelständischen Dealer für ein gutes Jahr reich zu machen. Man muss es nur durch den Zoll kriegen.«

Mir fällt auf, dass meine didaktischen Ausführungen für die Ohren der anderen Gäste nicht besonders geeignet sind, und ich rücke näher an meinen Stellvertreter heran. Er riecht heute nach frischen Äpfeln.

»Um das LSD möglichst unauffällig an den Zollbeamten vorbeizuschmuggeln, habe ich also einfach meine Geige und den Frack mit nach Mexiko genommen und so getan, als wäre ich dort, um Konzerte zu geben. Tatsächlich habe ich den netten mexikanischen Hippies in dem Chemielabor, nachdem wir das Geschäftliche geregelt hatten, noch ein paar altdeutsche Tänze vorgespielt. Vor dem Rückflug habe ich dann den Zerstäuber mit dem psychedelischen Mundspray zwischen meinen Frack und irgendwelche alten Socken gepackt, so, als müsste ich als Solist immer gut aus dem Mund riechen.« Ich senke verschwörerisch die Stimme. »Wegen der Küsschen von den süßen kleinen Mädchen, die einem nach dem Konzert immer die Blumen überreichen.« Ich fahre mir vielsagend mit der Zunge über die Lippen.

Mein Stellvertreter dreht sich weg und stützt den Kopf auf seine rechte Hand. Ich fixiere die dunkle Stelle unter seinem Kinn, wo er beim Spielen immer die Geige hält. An der Größe und Färbung sehe ich, dass er in letzter Zeit wirklich viel geübt hat.

»Jedenfalls wollte ich das denen am Zoll so erklären, falls sie fragen würden. Und tatsächlich, mein Gott, ich komme zur Kontrolle, und die machen meine Tasche und meinen Geigenkasten auf, klopfen am Korpus meiner schönen Guadagnini rum und wühlen in meiner dreckigen Wäsche. Dabei fällt ihnen natürlich das fragliche Fläschchen in die Hände. Sie schauen es misstrauisch an. Sie schauen *mich* total misstrauisch an. Dann schrauben sie auch noch den Deckel von dem Zerstäuber ab und …«

Mein Stellvertreter, von dem ich befürchtet habe, dass er inzwischen schläft, ist plötzlich Feuer und Flamme: »… und dann hat sich einer von den Zollbeamten was davon in den Mund gesprüht?«, fragt er aufgeregt.

Ich schaue ihn traurig an. »Nein«, sage ich behutsam. »Ich habe ihm die Geschichte mit den kleinen Mädchen erzählt, und da hat er gelacht, mir zugezwinkert, scherzhaft mit dem Finger gedroht, und das war's.«

Mein Stellvertreter ist sichtlich enttäuscht. Er fährt vorsichtig mit der Hand über seinen Geigenfleck. »Das war die ganze Geschichte? Du fliegst mit den Drogen in die USA zurück, nimmst sie hin und wieder und bist geheilt und das ist alles?«

Ich merke, dass ich Gefahr laufe, meinen zweitbesten Zuhörer zu verlieren, deshalb sage ich schnell: »Natürlich nicht!« Ich atme tief ein. Ich denke: Gravensteiner. Boskop. Oder All about Adam von Joop.

»Es war nämlich so«, fahre ich fort. »Ich komme erfolgreich durch den Zoll, sitze im Flugzeug und sehe aus dem Fenster. Ich schaue zu, wie sie draußen das Gepäck verladen, sie werfen es auf ein Transportband, auf dem es dann fünf, sechs Meter nach oben zuckelt und im Flugzeugbauch verschwindet. Ich bin wahnsinnig erleichtert, dass das mit den Zollbeamten so gut gelaufen ist, da sehe ich zufällig meine Reisetasche. Der blöde Flughafenangestellte schmeißt sie ohne hinzuschauen vom Gepäckwagen aufs Band, sie liegt nur halb drauf, wird langsam nach oben transportiert, und dann, gerade als sie fast im Flugzeug angekommen ist, fällt sie runter auf das Rollfeld wie ein Sack voll Mehl. Ich denke schon, jetzt platzt sie gleich auf und das Fläschchen mit dem LSD kullert raus, aber nein, der Angestellte hebt die Tasche wieder auf, knallt sie aufs Band, und diesmal kommt sie tatsächlich heil oben an. Zumindest soweit ich das sehen kann.

Als ich jedoch in Bloomington am Gepäckkarussell stehe, erkenne ich meine Tasche kaum wieder. Zum einen ist sie in eine große durchsichtige Plastiktüte eingepackt, an der ein vorgefertigtes Entschuldigungsformular von Delta Airlines hängt. Zum anderen ist sie an einigen Stellen entschieden dunkler geworden. Meine Lage ist denkbar ungünstig, um beim Flughafenpersonal eine Beschwerde einzureichen, außerdem merke ich, wie ich langsam Kopfweh bekomme, deshalb sage ich mir: Ich sollte schleunigst nach Hause fahren und was gegen meinen Mundgeruch tun. Also packe ich schnell meine Sachen und rufe ein Taxi.

Als ich müde und schweißüberströmt bei mir zu Hause ankomme und den Plastikbeutel aufreiße, weiß ich, warum die Tasche so dunkel aussieht. Anscheinend ist bei dem Sturz von dem Transportband das Fläschchen mit dem LSD zerbrochen und in meiner Tasche ausgelaufen. Mein Frack, mein Hemd, meine Socken, alles war nass. Und gestunken hat das … Ich hab fast geheult. Ich hab gedacht, Tausende von Dollars, plus meine Entziehungskur, alles im Eimer. O Mann. Aber dann kam ich glücklicherweise auf eine Idee.«

»Was denn für eine?«, fragt mein Stellvertreter und unterdrückt mit Mühe ein Gähnen.

»Zuerst mal hab ich ein bisschen an den nassen Socken gelutscht, um meine Kokainlust zu bändigen. Dann hab ich den Inhalt der Tasche in Ruhe trocknen lassen und den Engeln beim Take-off zugehört. Am nächsten Morgen habe ich einfach meine Klamotten in tausend winzige Stückchen zerschnitten; und die hab ich dann bei Bedarf gegessen. Da hatte man nach dem Trip zwar immer so Fäden zwischen den Zähnen hängen, aber die Wirkung war ausgezeichnet. Das Zeug war gut, sag ich dir. Es hat mich innerhalb von zwei Monaten von meiner Kokainabhängigkeit geheilt, und ich konnte mir mit dem Verkauf der Restbestände drei Semester meines Studiums finanzieren. Von Kansas bis Kentucky haben die Leute meinen Frack gefressen. Frag irgendeinen Beatnik im Mittleren Westen heute nach *tuxedo acid* und der kriegt immer noch leuchtende Augen.«

Ich seufze nostalgisch. Ich lehne mich zufrieden zurück. Mein Stellvertreter sitzt über sein leeres Glas gebeugt und studiert die Maserung des Tresens.

»Na, nett, dass wir uns noch unterhalten haben. Ich hätte sowieso noch nicht schlafen können. Aber jetzt sollte ich, glaube ich, ins Bett. Ich muss nämlich morgen ziemlich früh raus und üben.«

Mein Stellvertreter sieht auf und starrt mich an. Dann beginnt er leise zu lachen. »Jaja«, sagt er, »natürlich. Du wirst morgen in aller Herrgottsfrühe aufstehen und üben. Klar. Tolle Geschichte, wirklich.« Diesmal sind Ärger und Unverständnis deutlich zu spüren.

»Weißt du, was dein Problem ist?«, fragt er. »Du lügst. Du machst dir was vor. Du säufst, du kokst, du nimmst irgendwelche anderen Drogen mit komischen Namen und dann quatschst du Leute wie mich mit deinen Jugenderinnerungen voll. Von mir aus. Aber erzähl mir doch bitte nicht, dass du morgen früh übst.«

Er steht auf und angelt nach seiner Geldbörse. Er nimmt einen Schein heraus und legt ihn auf den Tresen. Während er sich umdreht, sagt er: »Gute Nacht.«

Ich sage nichts. Ich wische mir mit dem Handrücken übers Gesicht. Ich spüre den Schweiß auf meiner Stirn, meine Lippen beginnen zu zucken. Ich schiebe den Unterkiefer nach vorn und schlage die Schneidezähne gegeneinander, ein langsamer Viervierteltakt.

Ich bin ein bisschen enttäuscht darüber, dass meine Drogenanekdote bei meinem Stellvertreter nicht annähernd soviel Erfolg hatte wie die Behauptung, ich würde morgen Vormittag üben. Aber andererseits hat er ja Recht, ich lüge wirklich ständig. Natürlich war ich nie kokainsüchtig. Ich war noch nie in Mexiko. Und üben werde ich morgen auch nicht. Aber manche Lügen, denke ich, sind einfach besser als andere.

Ewige Jugend

Wenn Thea und ich postkoital-melancholisch nebeneinander liegen und sich aufgrund unserer äußeren Nacktheit auch die Vorstellung von seelischer Nähe einschleicht …

Wenn sich angesichts des vollzogenen Geschlechtsakts der Gedanke an Ewigkeit aufdrängt, auf diesen Gedanken aber unmittelbar die Einsicht folgt, dass unser irdisches Dasein nur ein Schatten ist, und deshalb auch unsere Liebesbeziehung nur von begrenzter Dauer sein wird, und wenn diese Einsicht sich breit macht und sitzen bleibt wie ein ungebetener Gast auf einer Geburtstagsfeier …

Wenn Thea dann aufsteht, zu ihrer Jacke, die auf dem Fußboden liegt oder über einem Stuhl hängt, geht, ich sie dabei mit halb geschlossenen Augen beobachte, aber so, dass sie das nicht bemerkt, weil es mir ungehörig erscheint, den nackten Körper, den ich eben noch in den Armen gehalten habe, zu betrachten …

Wenn Thea dann ihre Zigaretten aus der Jackentasche nimmt, mir die leere Tasse, die als Schlafzimmeraschenbecher dient, auf den Bauch stellt und sich eine Zigarette anzündet, ich sie daraufhin über die verheerenden Folgen des Rauchens belehre, ihr die gesammelten Warnungen der EU-Gesundheitsminister vorbete, Rauchen verursache Krebs und Gefäßkrankheiten und beeinträchtige die Gesundheit ihres, ich stocke kurz und verbessere mich: *unseres* Kindes, und wenn Thea dann statt einer Antwort nur heiser lacht, das zugeknotete Kondom vom Fußboden aufhebt, den Rauch ihrer Zigarette dagegen bläst und das Sperma fragt: »Hast du damit ein Problem?« …

Wenn also all unsere Gedanken und Gespräche zwischen Liebe, Tod und Unendlichkeit hin- und herpendeln, dann kann es schon passieren, dass ich ins Philosophieren gerate oder mich angesichts von Theas Respektlosigkeit meinem Samen gegenüber doch zumindest ihrer Zuneigung versichern möchte, und dass ich sie daher frage, was sie eigentlich machen würde, wenn ich plötzlich tot wäre.

»Du meinst, jetzt gleich? Hier? In meinen Armen?« Sie reckt die Zigarette in die Höhe wie eine Fackel und beginnt, den Trauermarsch aus der *Götterdämmerung* zu intonieren.

»Nein«, sage ich. »Nur so generell.«

»Wie, ›generell‹?«, will Thea wissen. Beim Sterben gebe es keine allgemeingültigen Aussagen, und wenn ich schon so blöde Fragen stellen würde, müsse ich ihr schon konkret sagen, wie sie sich meinen Tod vorzustellen habe. Ob sie von ihrem schrecklichen Verlust zum Beispiel bei der Arbeit erfahren würde, von einem feschen Kriminalhauptkommissar womöglich, der sie behutsam beiseite nehmen, ihr beruhigend seine kräftige Hand auf den zitternden Arm legen und die Sache so schonend wie möglich beibringen würde – ein durch und durch einfühlsamer Beamter, der sich später, wenn sie, Thea, die zahlreichen Orden und Rangabzeichen auf seiner breiten Schulter mit heißen Tränen benetzt habe, seiner nassen Uniformjacke entledigen und sie auf ganz und gar unbürokratische Weise trösten würde. Oder ob sie mich etwa selber finden müsse, abends nach der Arbeit, ausgerechnet, sie kommt müde nach Hause, freut sich auf einen entspannten Abend zu zweit, aber ich mache mal wieder alles zunichte, hänge verkokelt an einem schadhaften Elektrogerät oder – bei jemandem, der solche Fragen stellt wie ich, müsse man ja auf das Schlimmste gefasst sein – liege mit aufgefeilten Pulsadern in der cremefarbenen Sofagarnitur beziehungsweise baumele vom Ikea-Deckenstrahler, alles voller Blut und Exkremente und Sperma, weil sich im Moment des Sterbens noch mal alle Körperöffnungen entleert haben, eine eklige Vorstellung, sagt Thea, igitt.

»So genau wollte ich meinen Tod gar nicht ausgemalt haben«, unterbreche ich sie. »Meinetwegen bekommst du die Nachricht von dem feschen Polizisten überbracht. Es geht mir ja nur darum, was du dann tun würdest.«

Thea drückt ihre Zigarette aus, dreht sich auf die Seite und stützt das Kinn auf die Hand. »Kommt ganz auf den Polizisten an.«

»Nicht mit dem Polizisten. Mit mir.«

»Ich denke, du bist tot?«

»Schon. Aber damit ist doch nicht auf einen Schlag alles vergessen und vorbei. Oder?«

Sie verstehe nicht ganz, worauf ich hinauswolle, sagt Thea und runzelt die Stirn, bis auch die Haut auf ihrer Nasenwurzel Falten wirft. Ich möge das nicht persönlich nehmen, bitte, bestimmt würde ich eine schöne Leiche abgeben, zumindest wenn ich mich von schadhaften Elektrogeräten, Rasierklingen und anderen unappetitlichen Todesursachen fernhielte. Aber mit Verlaub, nach meinem Ableben werde zwischen uns beiden garantiert nichts mehr laufen, schon gar nicht in Anwesenheit eines Kriminalbeamten, Paragraf hundertachtundsechzig Strafgesetzbuch, wer am Körper eines Verstorbenen beschimpfenden Unfug verübe, werde mit Freiheitsentzug bis zu drei Jahren bestraft, und bei aller Liebe, für solche sittenwidrigen Sauereien sei sie nicht zu haben.

»Ich meinte ja eher so seelisch.«

»Seelisch?«

»Auf die Seele bezogen. Die ist dort, wo bei euch Juristen das Rechtsempfinden sitzt.«

»Ach so, sag's doch gleich.« Thea rührt nachdenklich mit

dem Zeigefinger im Aschenbecher herum. »Na ja«, sagt sie schließlich, »ich wär wahrscheinlich erst mal ziemlich sauer. Weil ich ja plötzlich diesen ganzen Papierkram am Hals hätte: Sterbeurkunde. Abmeldung von der Rentenkasse. Leichenschmaus …«

»Sonst nichts?«

»Hm«, sie legt ihren ascheverschmierten Zeigefinger auf die Stirn und massiert die Stelle, hinter der sie wahrscheinlich ihr Rechtsempfinden vermutet. »Natürlich hat jede Sache auch ihr Gutes«, fügt sie nach kurzem Nachdenken hinzu. So eine Beerdigung sei schließlich immer auch eine willkommene Gelegenheit, Familie und Freunde wiederzusehen, endlich mal alle auf einem Haufen, das werde mit den Jahren ja immer schwieriger, egal, ob eine Hochzeit anstünde oder ein Geburtstag, immer würde jemand fehlen, selbst damals bei ihrem Dreißigsten hätten sich ein paar gedrückt, obwohl sie schon so lange im Voraus eingeladen habe, die Leute seien sich ja für keine Ausrede zu schade. Aber bei meiner Beerdigung werde es kein Pardon geben, dafür wolle sie schon sorgen, alle, alle sollten kommen, um mir das letzte Geleit zu geben, selbst Menschen, mit denen ich nie richtig warm geworden sei, ihr Bruder zum Beispiel oder dieser alte Studienfreund von ihr, den ich damals, als wir gerade frisch zusammen waren, so unfreundlich behandelt hätte, wie sie auf den jetzt plötzlich komme, wisse sie auch nicht, sagt Thea und verstummt mit einem Mal, und ihre Stirn entspannt sich und um ihren Mund entfaltet sich ein rätselhaftes Lächeln.

»Du meinst diesen Schönling? Der, der nach dem Studium in den Polizeidienst gegangen ist?«

»Hm.«

»Was ist aus dem eigentlich geworden?«

»Keine Ahnung«, Thea zuckt mit den Schultern. »Hab ewig nichts von ihm gehört.«

Ich blicke sie schweigend an. Sie blickt an die Decke. Ich

folge ihrem Blick nach oben, und dort, an der Raufasertapete mit ihren unregelmäßigen Schatten, sehe ich plötzlich alles. So, wie man angeblich kurz vor dem Tode noch mal sein ganzes Leben in wunderbarer Klarheit an sich vorüberziehen sieht, erinnere ich mich mit einem Mal wieder ganz deutlich an meine erste und letzte Begegnung mit Theas altem Studienfreund. Ich erinnere mich an die Art, wie er mir zur Begrüßung etwas zu leutselig auf die Schulter klopft; ich höre Theas aufgekratztes Lachen, als er vom Maßnehmen für seine erste Uniformhose erzählt; ich höre das kurze Schweigen, als er Thea mit vielsagendem Blick eine Zigarette anbietet, und ich sie überrascht frage: »Du rauchst?«, und sie ihm antwortet: »Jetzt nicht.«

»Was war damals eigentlich zwischen euch?«, frage ich betont beiläufig.

Thea kratzt sich an der Nase. »Nichts.«

»Du kannst mir das ruhig sagen«, ich bemühe mich um einen verständnisvollen Tonfall, »ist ja schon eine Weile her. Und ich hab vielleicht nicht mehr lange zu leben.«

»Sagen wir mal so«, sagt Thea und gähnt. »Nichts, was ich nicht wieder tun würde.«

Ich setze mich ruckartig auf, der Aschenbecher entleert sich in meinen Schoß. »Was soll das heißen? Du hast mir all die Jahre verschwiegen, dass ihr zusammen wart? Und jetzt wartest du nur darauf, dass ich in die Grube fahre, damit du sofort wieder mit deinem alten Liebhaber in die Kiste springen kannst?«

»Nein«, sagt Thea und seufzt. »Nicht sofort«, fügt sie hinzu, »erst nach Ablauf einer angemessenen Kondolenzzeit.« Sie richtet sich auf und gibt mir einen Gutenachtkuss. Dann dreht sie sich auf die andere Seite, und bevor sie einschläft, murmelt sie leise: »Ruhe sanft.«